La caja de los miedos

La caja de los miedos

Arantxa García Roces

Rocaeditorial

Novela ganadora del noveno Premio Internacional de Narrativa Marta de Mont Marçal 2022

© 2022, Arantxa García Roces

Primera edición: septiembre de 2022

© de esta edición: 2022, Roca Editorial de Libros, S.L.
Av. Marquès de l'Argentera 17, pral.
08003 Barcelona
actualidad@rocaeditorial.com
www.rocalibros.com

Impreso por LIBERDÚPLEX, S.L.U.
Printed in Spain – Impreso en España

ISBN: 978-84-18870-00-2
Depósito legal: B. 12901-2022

RE70002

A Leyre, por traer luz a la oscuridad
y calma a la tormenta

Una mañana zarpamos, la mente inflamada,
el corazón desbordante de rencor y de amargos deseos,
y nos marchamos, siguiendo el ritmo de la onda
meciendo nuestro infinito sobre el confín de los mares.

CHARLES BAUDELAIRE
«El viaje», poema número 126 de *Las flores del mal*

Índice

1

Nikolái

Alekséi recordaba las profundas huellas de su padre atravesando la nieve, ni siquiera sus bregadas botas marrones lograban ensuciar su blanco fulgor, y, tras sus pasos, el niño le seguía con el sencillo juego de reproducir sus pisadas, alargando cada zancada con la determinación de llegar a sentirse tan grande y poderoso como él.

Aquel páramo yermo de la estepa siberiana —y su espesa capa de nieve recubriéndolo todo— era el único hogar que Alekséi había conocido, y su padre, la escueta familia que cuidaba de él. Irina, su madre, había fallecido en el parto del que sería su primer y único hijo. Por las noches, resguardados del frío frente al fuego, Nikolái le contaba, con esa despiadada fatalidad que le brindaba el vodka, que Irina había muerto sin llegar a verle la cara, sin llegar a conocer a su hijo. Y ese era Alekséi: el responsable de la muerte de su madre; la culpa lastrando su destino desde el mismo instante en que nació.

Nikolái se detuvo y oteó con intensidad el horizonte donde el níveo suelo se fundía con el cielo enfrentados en una frontera difusa. Después, se volvió hacia su hijo y, con un gesto imperioso, le ordenó que guardase silencio. Alek percibió que el cuerpo de su padre se volvía más denso, más pesado. El viento arrastró hasta ellos un rugido ronco y siniestro. El niño se agachó y apoyó las manos en el suelo, como si el contacto con la tierra pudiese aportarle una seguridad efímera. Nikolái fijó su mirada en dos puntos oscuros, aparentemente lejanos, y, al comprobar que se movían, agarró a Alekséi del brazo y echó a correr sobre la superficie nevada. A cierta distancia —atravesando un arroyo congelado— había un refugio de piedra que los cazadores utilizaban para resguardarse de las fuertes ventiscas. Tenía una puerta sólida que los osos hambrientos no podrían derribar.

Mientras corría tras su padre, Alek tuvo la engañosa impresión de que la distancia que los separaba del refugio crecía en lugar de acortarse. El pecho le ardía y bloqueaba sus pulmones mientras el miedo amenazaba con adueñarse de todo. Su padre se giró hacia él con la intención de ayudarlo a salvar la accidentada ribera del arroyo y Alek leyó el estupor en su rostro: se rezagaban y los osos recortaban distancias impulsados por el hambre. Nikolái le gritó, le ordenó que corriese en dirección al refugio sin mirar atrás; le prometió que él vigilaría su espalda. Y Alekséi le creyó porque era su padre y porque no había nadie más en el mundo que cuidase de él.

Alek corrió a pesar del dolor que sentía en el pecho y le impedía respirar; cruzó la superficie escarchada del río y, al alcanzar el margen derecho, oyó la detonación de una carabina cortando el silencio. Alekséi cumplió su promesa: no volvió a mirar atrás y corrió más aún aprovechando la ventaja que le brindaba su padre. No quiso pensar que Nikolái solía errar el tiro cuando se ponía nervioso: el buen Dios no podía ser tan cruel. Por primera vez le pareció que la puerta del refugio estaba a su alcance. Logró ver la pesada llave que los cazadores acostumbraban a dejar en la cerradura, lo que le impulsó a hacer un último esfuerzo.

Tan solo cuando alcanzó la puerta y trató de girar la llave se permitió mirar atrás, pero el desnivel del terreno —que descendía en una suave pendiente tras cruzar el arroyo— no le dejó ver más allá.

De pronto, oyó de nuevo aquellos rugidos amenazantes y la llave se deslizó de entre sus dedos. La nieve la acogió como un manto benévolo y Alekséi la observó paralizado por el miedo. Luego le llegaron los gritos desgarrados de un hombre y, recuperando la llave del suelo, empujó la puerta con todas sus fuerzas y cruzó el umbral. Al otro lado, el silencio era absoluto.

Alek esperó durante horas encerrado en aquel habitáculo oscuro, apenas cuatro paredes de piedra; los osos jamás llegaron a acercarse a él.

17

2

El Pomone

*A*lexandre se removió inquieto en el estrecho camastro. En algún momento de aquella noche infinita se había desvelado a causa de la copiosa cena que les sirvió el cocinero, y el vaivén del barco, zarandeado por el mar furioso, le impedía volver a conciliar el sueño. Había empleado gran parte del trayecto —la distancia recorrida desde Lisboa hasta un punto indeterminado de la costa del mar Cantábrico— en tratar de acostumbrarse a la navegación en aquel buque mercante repleto de vino. Lo cierto es que los toneles, de los que la tripulación sisaba sin disimulo, habían contribuido a aplacar las náuseas de los primeros días de travesía. Lamentablemente para él, era consciente de que no podía anestesiarse con el caldo oscuro procedente de Oporto: la misión que lo había llevado a embarcarse exigía discreción y cautela a partes iguales. La confianza que las altas esferas de los servicios secretos habían depositado en él conllevaba una responsabilidad inmensa. No debía olvidar en ningún momento la repercusión que tendría su éxito o su fracaso para el desenlace de la guerra.

Lastrado por el peso de sus pensamientos, se levantó del camastro rindiéndose a la evidencia de que esa noche no lograría dormir. Únicamente faltaba un día, dos a lo sumo, para que el Pomone arribase al puerto acordado, y en su cabeza bullían una y mil veces los planes trazados para conseguir su objetivo.

Alexandre encendió una bujía y alumbró el camarote que le habían asignado. Se detuvo a observar su rostro en el espejo roñoso que colgaba de la pared junto al catre. Unas ojeras profundas y mortecinas enmarcaban el semblante de un hombre abatido que tenía muy poco del voluntarioso Alexandre Bogdánov, acostumbrado a abrirse camino por sí solo. Se frotó los ojos con desazón y, mientras permanecían cerrados, percibió al otro lado de la puerta el repentino alboroto de la tripulación del buque: se oían gritos airados y carreras descontroladas por los pasillos.

Unos golpes nada discretos en la puerta del compartimento vinieron a sacarlo de su estupor. Salió del camarote para averiguar el motivo de tanto revuelo y estuvo a punto de tropezar con el sobrecargo. Este se detuvo ante él con el rostro congestionado por el miedo, tratando de recuperar el resuello antes de ofrecerle unas atropelladas explicaciones.

—¡Nos atacan los alemanes! —le gritó a la cara sin contemplaciones—. Debemos subir a cubierta antes de que nos hunda el maldito submarino. O no saldremos vivos de aquí.

El sobrecargo se alejó corriendo sin esperar respuesta. Alexandre sintió que la tensión se apoderaba de él; debía pensar con rapidez y recoger las pertenencias indispensables para lograr el éxito de su misión —misión que no podría llevar a cabo si los alemanes conseguían hundir el Pomone con él dentro—. Durante un instante, se preguntó si la aparición del submarino alemán en aquellas latitudes tan cercanas a la costa española tendría algo que ver con su presencia allí. Agarró el petate donde llevaba toda la documentación y, tras echárselo al hombro, se apresuró a abandonar el camarote. Avanzó raudo, sorteando a los marineros que se cruzaban en su camino, hasta alcanzar la cubierta del mercante. Cuando asomó el rostro al exterior, le sorprendió la extraordinaria claridad de aquella noche de luna llena y cielo estrellado que, desafortunadamente para la tripulación del Pomone, los convertía en un blanco certero para la fatídica pericia de los torpederos alemanes. Alex echó un vistazo alrededor en busca del capitán del mercante: un tipo enjuto y alto como los mástiles del buque. El capitán, antiguo contramaestre de la Armada francesa, era el único que conocía las verdaderas razones de su presencia en el Pomone. Lo divisó en el puente de mando repartiendo órdenes a sus hombres. Era un tipo tranquilo, dotado de unos envidiables nervios de acero que podrían marcar la diferencia entre la vida y la muerte. Tras escuchar sus instrucciones, un grupo de marineros se dirigió a popa para preparar los botes salvavidas. Alex aprovechó la soledad de Grevaux para tratar de obtener información de primera mano.

—¡Capitán! —Grevaux se volvió y su mirada se agrandó al encontrarse frente a Bogdánov. Alex creyó detectar cierta sorpresa en su expresión, como si el capitán se hubiese olvidado de él. Y no podía reprochárselo cuando había tantas vidas en juego.

—¡Bogdánov! Mis vigías han divisado la presencia de un submarino alemán —le dijo extendiendo el brazo hacia algún punto indefinido del mar revuelto—. Los alemanes nos han hecho señales para que abandonemos el barco si queremos salvar la vida, pero desconozco de cuánto tiempo disponemos. Tendrá que embarcar en el primer bote que arriemos; impartiré instrucciones a mis hombres. Navegamos próximos a la costa asturiana, no muy lejos del punto acordado. Me temo que es la mejor oportunidad que puedo ofrecerle.

El rostro de Alex no supo ocultar sus miedos. El mar era un entorno adverso y hubiese preferido mil veces morir en el campo de batalla que ahogado en aquel océano huérfano de tumbas. Haciendo un esfuerzo, trató de sobreponerse a sus temores. No podía enredar a Grevaux en explicaciones fútiles: el capitán debía ocuparse de gestionar su propia crisis. Alex se puso firme y se llevó los dedos a la sien. Grevaux enderezó su enjuto cuerpo y pareció crecer unos centímetros mientras le devolvía el saludo militar. Su mirada se tornó vidriosa y Bogdánov tuvo que alejarse de allí antes de que alguno de los dos perdiese la compostura. Siguió a un oficial hasta la popa del buque, donde el primero de los botes salvavidas estaba listo para ser arriado. Algunos marineros comenzaron a subirse entre prisas y empujones, y el oficial tuvo que intervenir y separar a dos hombres que discutían con saña. Alex aprovechó la confusión reinante para echar un vistazo por la borda y, al instante, se arrepintió de su decisión: al fondo de una pronunciada vertical les aguardaba un mar negro y salvaje con la aparente consistencia del alquitrán. Durante un terrible momento, imaginó lo que sucedería si aquel bote de aspecto endeble volcaba antes de alcanzar el mar: la muerte aguardaba tras la negrura. Alexandre sintió que el estómago se le encogía de nuevo, cuando el oficial le puso la mano sobre el hombro:

—Bogdánov, tiene que embarcar ahora mismo o no podré asegurarle un lugar en el bote.

Alex asintió y se apresuró a ocupar el sitio que le indicaba el oficial. Su macuto, con toda la documentación y las instrucciones facilitadas por los servicios de contraespionaje, permanecía firmemente sujeto a su espalda. Miró en derredor y trató de no dejarse arrastrar por el nerviosismo de los hombres que lo rodeaban. Pensó en rezar aquella oración que su padre le enseñó de niño, la única que recordaba, aunque la maldita guerra le había demostrado que Dios era sordo y no escuchaba sus plegarias.

3

La fortaleza

Margot apretó los ojos con fuerza intentando ignorar las desoladoras paredes del calabozo. Sabía que sería un esfuerzo inútil, como si el mero hecho de negar la realidad tuviese el poder de cambiarla; y no era así. Hacía tiempo que había perdido la esperanza, cualquier tipo de esperanza por ridícula que fuera. Si hacía memoria, podía recordar el preciso instante en que se le quebró la fe: fue en uno de los innumerables interrogatorios a los que la sometieron, al cruzar la mirada con los despiadados ojos de Bouchardon. No importaba su expresión suplicante, no importaban las bazas que pretendiese jugar a su favor. El fiscal había tomado una determinación y nada ni nadie lo haría cambiar de idea. Margot estaba condenada y daba igual que el pelotón no hubiese apretado el gatillo aún: estaba muerta para los franceses, estaba muerta para el resto del mundo, y ni siquiera ella misma se atrevía a contradecir esa realidad. Pero su sufrimiento no había terminado con la certeza de la condena a muerte y los recuerdos la acosaban mientras permanecía encerrada tras los muros de la fortaleza de Vincennes, sin nada más que hacer que sentir transcurrir el tiempo. Trató de ordenar aquellos pensamientos precipitados, ponerlos en su lugar para encontrar algo de paz en la certeza de que la maquinaria de guerra la había devorado como un mero títere sin voluntad. Pero ¿había sido así de simple? ¿De verdad se había dejado manejar por aquellos hombres? ¡No!, se respondió con firmeza incorporándose en el incómodo camastro. Después, alzó el rostro tratando de recuperar con ello parte de la dignidad perdida. Desde el principio, su camino había estado lleno de encrucijadas, plagado de intrigas y celadas tramadas por unos y otros, traiciones camufladas bajo guante blanco, aunque había sido ella quien decidió abordarlo; había sido ella quien aceptó el envite de Kraemer. Y ahora que ese camino llegaba a su fin debía afrontarlo con la misma determinación con que lo había emprendido.

4

El hundimiento

Apenas se habían alejado unas millas del barco cuando el primer torpedo impactó en el casco del Pomone. Oyeron el devastador estruendo del estallido: un sonido siniestro y ominoso que les encogió el estómago. La mayor parte de la tripulación aún permanecía a bordo y aquella explosión llevaba aparejada su condena. Los marineros se quedaron paralizados durante un instante; los remos en alto, los rostros tensos y desencajados. Entonces atronó una nueva explosión, el salvaje estallido de las calderas del barco que, tras volar el puente, partió el casco en dos. Aquella debacle iba a traer consecuencias para su endeble bote y lo sabían. Comenzaron a bogar con desesperación alejándose de la ola que causaría la explosión; alejándose de los mortales proyectiles alemanes, porque huir era la única posibilidad de permanecer con vida. Pero ¿qué era el Pomone? ¿Por qué emplear tanta furia en su destrucción? Solo era un inofensivo mercante destinado a llevar un cargamento de fosfato, alcohol y barricas de vino tinto de Argel a Brest y, pese a su irrelevancia bélica, se hundía en las aguas del Cantábrico torpedeado por un submarino alemán. Su tripulación moriría como víctima colateral de una guerra tan avariciosa de muerte que ni siquiera llegaba a discernir quiénes eran sus mártires: todos le servían si estaban en el lugar propicio para morir.

Los hombres gritaron cuando la ola causada por el estallido se aproximó avanzando como una impenetrable columna de agua. Alex se agarró al bote con todas sus fuerzas, temiendo que su vida terminase en medio de aquel mar extraño, tan alejado de su hogar y de cualquier persona que lo conociese. Morir allí sería como morir dos veces y, pese al miedo, no podía resignarse a aceptar semejante destino. La ola les golpeó con una furia salvaje y ni siquiera la pericia de los marineros sirvió para ponerlos a salvo: el bote volcó y los hombres quedaron desperdigados, arrastrados por las olas, tratando de permanecer a flote. Alex sintió que una pesada bota le golpeaba la cabeza. Se quedó aturdido y su cuerpo se dejó caer como si hubiese perdido todo su empeño, pero el agua —tan fría que cortaba la respiración— lo revivió y le impulsó a estirar los brazos hacia arriba y patalear con fuerza; entonces, sus manos tocaron una superficie dura y rugosa: el casco del bote al que algunos hombres trataban de subir de nuevo. Alex miró en derredor: los marineros braceaban y gritaban con tal de no hundirse en el silencio. Ninguno de ellos quería morir allí, olvidado por el resto. Más allá de las olas se elevaba una columna de humo en la zona donde el Pomone se hundía sin esperanza; parecía una señal efímera del lugar donde encontrarían reposo sus muertos, unos muertos que ya no podían gritar, ahogados bajo las aguas de un mar que les serviría de improvisada mortaja.

Alex notó un golpe en la espalda y, al volverse, se encontró frente a uno de los remos. Se agarró a él como si fuese una tabla de salvación que el destino le enviase. Pataleando con fuerza, se acercó hasta el borde de la embarcación y, encontrando un rescoldo entre sus devastadas fuerzas, alzó el remo para entregárselo a un marinero. Después de asegurar el remo, el marinero le brindó su brazo para izarlo a bordo. Alex no formaba parte de la tripulación del Pomone: era un desconocido para ellos, un extraño que, además, había usurpado el lugar de un amigo, que había salvado la vida a costa de la de un compañero. A pesar de ello, aquel desastre los hermanaba a todos, los unía en la desgracia y en la fortuna de saberse vivos, y Alex sintió que lo recibían a bordo del pequeño bote como a uno de ellos.

27

5

El cabaret

*D*urante la noche había llovido con saña y los relámpagos iluminaron las tinieblas como heraldos de mal augurio. Ahora, cuando el amanecer se esforzaba en derrotar las sombras, el silencio —tan solo interrumpido por el resonar de una gota chocando contra la piedra— tenía algo de ominoso. O tal vez veía señales donde no existían, empeñada en revestir su muerte con una grandeza de la que carecía, porque ¿quién derramaría lágrimas por ella?

Al instante se recriminó por aquellos pensamientos. Todo el tiempo, durante su arresto, durante el proceso —incluso en el preciso momento de la inapelable condena—, había luchado con toda su energía por mantener una actitud digna que ninguno de ellos pudiese ignorar. No pensaba darles la satisfacción de verla débil, vencida. En cierto modo, ella había elegido aquel camino consciente de sus peligros. Podía haberse conformado con casarse con un oficial —un tipo cobarde y vulgar que habría sobrevivido a la masacre de la guerra—; podía haber tenido una vida plácida, sosegada, engordando mientras comía pasteles los domingos y mataba el aburrimiento riñendo con su esposo. Pero esa vida no era para ella. Durante un segundo se planteó si había errado en su elección. A la vista de lo ocurrido, cualquiera diría que sí; aunque no estaba tan segura, ni tan siquiera ahora.

La gota continuó cayendo, resonando en el silencio de la aurora. Su sonido la transportó a la noche en que conoció a Eugen Kraemer, la noche en que su destino cambió para siempre:

Durante días y días, Berlín había sufrido una lluvia pertinaz y los berlineses arrastraban un humor pésimo que no podían remediar con nada. Tuvo que comprarse unos chanclos para no destrozar sus preciosos zapatos con el barro de aquella ciudad anegada. En inviernos tan típicamente europeos, extrañaba con desesperación la soleada Java, aunque sabía por experiencia que el paraíso también puede esconder sus propios infiernos. Despegó como pudo los chanclos de aquel barro tan espeso como el espíritu de los alemanes. La puerta del Music Hall apenas distaba un par de metros del lugar donde había estacionado el automóvil enviado por el empresario, pero esa efímera distancia se le antojó insalvable. Reprimió un suspiro y trató de avanzar con cierta gracilidad pese a los inconvenientes climatológicos —nunca se sabe dónde puede esconderse un admirador—. El portero del teatro la vio llegar bajo su gran pamela negra, todo un signo de identidad y extravagancia, y se apresuró a abrir el enorme paraguas bajo el que Margot se guareció.

—Fräulein Zelle —dijo, llevándose la mano a la gorra en señal de respeto.

—Buenas noches, Dieter —respondió dedicándole la mejor de sus sonrisas. Le gustaba aquel tipo: siempre se portaba como un caballero. El empresario del Music Hall tendría muchísimo que aprender de él—. ¿Parará de llover algún día? —le preguntó con el único afán de alargar la conversación. Sabía que a Dieter le gustaban esas pequeñas deferencias: una muestra de consideración por el servicio que prestaba.

29

—*Eso espero, Fräulein. O acabaremos por tener branquias como los peces* —respondió enseñando una hilera de relucientes dientes blancos.

Margot asintió divertida, pese a que no dejaba de haber cierta verdad en las palabras de Dieter. En una de las paredes del camerino había aparecido una mancha de humedad que, noche tras noche, crecía como un monstruo alimentado por la lluvia.

Dejando a Dieter y su paraguas al otro lado de la puerta del cabaret, se adentró en los ornamentados pasillos del teatro y, antes de que pudiese alcanzar el camerino, el empresario salió a su encuentro. Era un obseso de la puntualidad que exigía su presencia en el Music Hall, al menos, una hora antes de que comenzase el espectáculo. Y casi nunca llegaba a la hora establecida, así que siempre se producían incómodas discusiones entre ambos.

—¡Fräulein Zelle! —le gritó reclamando su atención de aquella manera suya tan irritante.

Margot se detuvo y trató de disimular su malhumor. Le molestaba que no la dejase llegar al camerino antes de recriminarle su tardanza. Aun así, el maldito empresario le pagaba una cantidad nada desdeñable de dinero, con la que podía afrontar la vida acomodada a la que le había sido tan sencillo acostumbrarse.

—¿Sí, Herr Schuman?

—Margot, querida —Schuman tan solo la tuteaba cuando quería algo de ella, así que su enojo fue en aumento—, esta noche vendrá a ver el espectáculo Herr Kraemer y ha expresado su interés en conocerte.

El rostro de Schuman estaba arrugado en un gesto que tenía tanto de anhelante como de esperanzado. Margot se preguntó quién sería el tal Kraemer —sin duda algún pez gordo, influyente y libertino a partes iguales—. Reprimió un suspiro de hastío y se aseguró de averiguar a qué se enfrentaba antes de comprometerse con el empresario.

—Disculpe mi desconocimiento, pero ¿quién es Herr Kraemer?

Schuman se frotó las manos con satisfacción. Le encantaba dárselas de enterado, hablar de la gente importante como si formase parte de la misma élite que ellos. Pero solo era una pose y, afortunadamente para él, no se engañaba al respecto: Schuman era un empresario teatral y no estaba entre los que tomaban decisiones sobre el destino del país.

—Herr Kraemer es el cónsul alemán en Ámsterdam. Pensé que te gustaría conocerlo porque es, como quien dice, un compatriota tuyo. Podréis hablar de los canales y de todas esas cosas... —dijo con un gesto desdeñoso que evidenciaba su nulo conocimiento de los Países Bajos.

Margot asintió levemente; no merecía la pena contradecir al empresario. El cónsul alemán en Ámsterdam era un alemán y, por mucho tiempo que hubiese vivido en Holanda, no dejaba de ser un alemán. Era conveniente no olvidarlo si iba a tener que tratar con él. Sin embargo, tal vez resultase un contacto interesante del que poder sacar algún provecho. Se planteó qué tipo de hombre sería el tal Kraemer, si podría manejarlo a su antojo o no. En cualquier caso, no perdería nada por conocerlo.

No sabía cuán errada estaba.

6

El refugio

Alekséi nunca llegó a saber durante cuánto tiempo permaneció encerrado en el refugio de cazadores. El miedo le atenazó los sentidos y el frío lo adormeció hasta que la realidad se fundió con el sueño. Si su padre hubiese estado con él, jamás le habría permitido dormirse en un lugar semejante, donde podría morir congelado sin tan siquiera percatarse de ello. Pero su padre no estaba allí, su madre tampoco; en realidad, ya no quedaba nadie que cuidase de Alekséi Bogdánov. Era huérfano en un territorio que no admitía la debilidad, que se adueñaba de uno y lo devoraba a la menor muestra de flaqueza. Sin embargo, y a pesar de su dureza, aquella tierra hostil quiso brindarle una oportunidad de sobrevivir en forma de agrestes cazadores de osos. Aquellos hombres habían descubierto los restos de Nikolái: la sangre roja en la nieve, marcando el lugar de su muerte como si se tratase de una señal de advertencia. Llegaron demasiado tarde para su padre, mas las huellas de Alekséi alejándose los condujeron hasta el refugio. Los cazadores, desgreñados y con espesas barbas que volvían impenetrables sus rostros, prendieron un fuego que caldeó las cuatro paredes y le devolvió la vida al pequeño. Después, discutieron qué hacer con el muchacho y, finalmente, acordaron que uno de ellos lo llevaría hasta el pueblo más cercano. El hombre que iba a acompañarlo le preguntó por el nombre de su madre.

—Ii-rina —le respondió titubeante a través de unos labios cuarteados por el frío. No quiso contarle su historia; no quiso decirle que Irina jamás llegó a ver su cara, que había fallecido el mismo día en que él nació. Apenas tenía fuerzas para pronunciar su nombre, pero sabía con certeza que no podría enfrentarse a toda la muerte que, como una maldición, lo rodeaba.

7

Tazones

*E*l primero de los marineros que vislumbró la luz del faro soltó el remo y se puso en pie. Su grito de júbilo resonó entre las olas y el hosco silencio con que remaban el resto de los hombres. Intuían que la costa estaba próxima y esa esperanza les impulsaba a bogar con las escasas fuerzas que consiguieron atesorar. Pero la esperanza se desvanece, la esperanza no es certeza, así que necesitaban la luz del faro para creer que podían salvarse.

Alex observó la luz, tan nítida de repente que le sorprendió no haberla visto antes. Miró en la dirección que les señalaba el marinero y creyó apreciar la sombra de unos acantilados abruptos. Poco a poco, acompañados por la seguridad de que la tierra estaba allí para acogerlos, aquellos acantilados oscuros se fueron perfilando ante sus ojos. En medio de dos montañas cubiertas de arbolado, surgieron las primeras edificaciones de un pueblo guarecido tras el rompeolas. Las pequeñas casitas de pescador parecían dormir el sueño de los justos y Alex no pudo evitar sentir cierta envidia hacia sus moradores. Allí permanecían seguros —todo lo segura que puede ser una vida cualquiera—, alejados de una guerra que convertía a los hombres en meros títeres de generales vetustos: las vidas de los soldados apenas valían nada, derrochadas a miles en estrategias tan erráticas como erróneas. Por eso era tan importante acabar cuanto antes con la guerra.

Ante la cercanía del rompeolas, los hombres se emplearon a fondo en remar con brío. Entonces, como pequeñas luciérnagas iluminando el camino, vieron los faroles que sostenían las personas que habían acudido a la bocana del puerto. Según supieron más tarde, aquellos paisanos, que durante siglos habían observado el mar aguardando la llegada de las ballenas, no podían vivir de espaldas a un océano repleto de peligros: siempre había un vigía en el puerto y era él quien había avisado de la aparición de los náufragos.

Los lugareños enviaron varias lanchas a recibirlos y, tras arrojarles cabos, consiguieron remolcarlos a tierra. Desembarcaron en aquel paraje desconocido tan desconcertados como ateridos de frío, aunque pronto, haciendo gala de su cortesía, sus anfitriones se apresuraron a cubrirlos con mantas y les ofrecieron algo caliente para beber. La mayor parte de la tripulación del Pomone era francesa, pero entre ellos había algún portugués que chapurreaba cuatro palabras en castellano; y, además, estaba Alexandre, elegido para aquella misión por su dominio del idioma. Sin embargo, Alex no podía arriesgarse a revelar demasiado de sí mismo: la prudencia era una virtud indispensable cuando cualquiera puede ser espía, incluso en aquella España neutral; neutral, al menos, en apariencia.

El pintoresco pueblo enclavado entre montañas resultó ser Tazones, una pequeña villa marinera de casitas construidas a lo largo de una calle empinada que iba a desembocar al mar. La hospitalidad de sus vecinos, habituados a acoger a los náufragos que arribaban a su costa, supuso un alivio inmenso para la tripulación del Pomone: los recibieron en sus casas, les proporcionaron sustento y un lecho donde dormir. El cura del lugar —que había estudiado francés en

35

el seminario— trató de explicarles dónde estaban y les aseguró que al día siguiente los llevarían hasta Gijón para que pudiesen repatriarlos sin tardanza. Alex, que oía distraído los esfuerzos del sacerdote por hacerse comprender a pesar de su cerrado acento, sonrió al enterarse de cuál sería su destino. «Carambolas del azar», pensó, al saber que, pese al hundimiento del Pomone, acabaría en el mismo lugar en que habría desembarcado de haber conseguido culminar el viaje. Si los alemanes habían albergado la intención de frustrar su misión, no les había acompañado la fortuna. Luego, al recordar a los hombres que habían perecido en el mar sin ninguna necesidad, su rostro se demudó: no tenía ninguna razón para alegrarse hasta que aquella maldita guerra terminase por completo.

8

La telaraña

*U*nos insistentes golpes en la puerta del camerino la trajeron de vuelta a la realidad. Echó un vistazo a la imagen que le mostraba el herrumbroso espejo y se acomodó un rizo bajo el peinado. A pesar del inmenso cansancio que sentía, su aspecto continuaba siendo tan esplendoroso como el que había lucido en el escenario, y la tenue luz del camerino le otorgaba un aire más exótico y misterioso. Durante un instante pensó en quitarse el recargado tocado cubierto de gemas que destellaban como diamantes. Pesaba demasiado y en algún lugar de su cabeza comenzaba a gestarse una migraña. Un nuevo aluvión de golpes en la puerta, estos últimos más impacientes que los anteriores, la disuadió de hacerlo.

—Adelante —dijo con una languidez deliberada en la voz.

El rostro de Schuman asomó tras la puerta y la observó con intensidad. Pareció complacido con lo que veía. Entró en el camerino acompañado de un hombre alto de aspecto marcial.

—Fräulein Zelle —le dijo con el tono melindroso que utilizaba con las autoridades y que a Margot le ponía el vello de punta—, tengo el honor de presentarle a Herr

Kraemer, nuestro ilustre cónsul en Ámsterdam y admirador de su espectáculo.

Margot se puso en pie y clavó sus ojos en Kraemer. El cónsul tenía una mirada tan dura y afilada como esquirlas de hielo. Margot sintió un escalofrío y supo al momento que estaba ante un tipo peligroso, difícil de manejar. También supo que Kraemer no estaba allí porque la admirase a ella. A pesar de que no lo conocía, no lo veía capaz de semejantes frivolidades; no daba el tipo. Si había acudido a verla al Music Hall, si había soportado la fatuidad del empresario para llegar a conocerla, era porque quería algo más.

Margot sonrió y fue consciente de que era una sonrisa forzada. No sabía si quería conocer las verdaderas razones de Kraemer, pero él ya estaba allí, en su camerino, y, por un momento, se sintió como un insecto atrapado en una tela de araña. No había visto la trampa hasta que fue demasiado tarde para escapar de ella. Luego desechó esos pensamientos desquiciados y trató de desplegar su embrujo; volvió a subirse al escenario para Kraemer. Aunque el cónsul fuese inmune a sus encantos, Mata Hari era una leyenda en toda Europa y no podía decepcionar las expectativas de su público.

9

Gratitud

Vinieron a recogerlos a mitad de la mañana. Si le hubiesen preguntado entonces, Alexandre no habría sabido decir qué había causado más expectación entre los lugareños, si la partida de los gabachos naufragados en su costa o la llegada de aquel vehículo que habría de transportarlos hasta Gijón. Los niños —reunidos en la explanada que conducía al puerto— se subían a las ruedas del autocar y se observaban con curiosidad en los retrovisores. El conductor tuvo que espantarlos por miedo a que le estropeasen la carrocería. Del reluciente autocar se apeó un funcionario del consulado, enviado para asistir a los náufragos del buque de pabellón francés. El tipo se quitó un sombrero hongo, extravagante en aquel contexto de paisanos con boina, y se dedicó a estrechar todas las manos que le ofrecían, proporcionando un consuelo que tenía algo de impostado.

Monsieur Ferdinand, pues así se llamaba el agregado consular, no mostró un especial interés por la situación de Alexandre y este no pudo sino agradecerle la discreción; probablemente no era el momento adecuado para confidencias. Formaba parte de sus planes contactar con el consulado si precisaba de su ayuda, pero aquellas circunstancias inesperadas podían obligarlo a ofrecer unas explicaciones con las que no contaba. Necesitaba tiempo para reflexionar y planificar sus próximos movimientos.

La marinería del Pomone subió al autocar tras despedirse de los habitantes de Tazones. Por un momento, pareció que todo el pueblo había postergado sus obligaciones cotidianas para verlos partir y Alex percibió la emoción que embargaba a sus compañeros. Los supervivientes del Pomone se sentían doblemente afortunados: habían sobrevivido a un naufragio en el Cantábrico y habían sido acogidos por aquel pueblo generoso que los había cuidado con mimo. Pero sentirse así tan solo suponía un alivio efímero: por detrás de todas esas emociones, subsistía el dolor por los compañeros que habían fallecido, los que jamás regresarían a casa con sus familias. Bogdánov llegó a ver como alguno de aquellos duros marineros se enjugaba las lágrimas con el dorso de la mano.

Cuando el reluciente Hispano–Suiza arrancó para afrontar la empinada carretera con osadía, los niños corrieron tras el autocar agitando las manos en señal de despedida. Los marineros les devolvieron el saludo, aunque no tardaron mucho en encerrarse en un silencio mustio. Ferdinand les dedicó un par de miradas y los dejó sumidos en sus reflexiones; lo cierto es que no parecía tener las habilidades de un gran conversador ni el interés suficiente. Alex se dedicó a contemplar el paisaje agreste que el vehículo iba dejando tras de sí: los castaños habían veteado el camino con sus frutos desmembrados, y aquellas carcasas vacías y pisoteadas no lograron aliviar su tristeza. Las sinuosas curvas que trazaba la carretera tuvieron el efecto de adormecerlo. Los párpados le pesaban y por delante le esperaba un largo viaje, así que se dejó arrastrar dócilmente hacia unos sueños que la mayoría de las veces no eran sino pesadillas.

10

Vasili

Alekséi era consciente de que se había convertido en un quebradero de cabeza para Vasili Lébedev. El sacerdote se sentía obligado a cuidar del hijo del querido Nikolái porque de niños fueron hermanos de leche, y esa circunstancia había creado un vínculo sólido y perdurable entre los dos. Su amor por Nikolái y su exigente conciencia le llevaron a hacer imposibles por buscarle acomodo al pequeño Alek, huérfano de padre y madre.

Después de indagar por todo el pueblo, Vasili consiguió la dirección de la hermana mayor de Irina, el único familiar con vida que le quedaba al niño. Cuando tenía quince años, Vania había abandonado el pueblo para irse a Moscú. Pero, como no podía ser tan fácil para el bendito Vasili, después de unos años viviendo allí, Vania había emigrado a París. La distancia entre aquella aldea perdida de la estepa siberiana y la capital francesa era una realidad insalvable, un despropósito que solo un loco se atrevería a afrontar. A pesar de que Vasili pareció desechar esa posibilidad durante un tiempo, acabó por escribirle una larga carta a la tía Vania explicándole lo ocurrido, así como la precaria situación de Alekséi, sin otro pariente al que recurrir que no fuera ella. El sacerdote aprovechó para cargar las tintas en aquella misiva desesperada e insinuó sin pudor que el pequeño Alek acabaría en uno de los abominables orfanatos helados de Siberia donde, a buen seguro, cogería las más terribles enfermedades. Deseaba con fervor que la próxima carta dirigida a la «queridísima tía Vania» no fuese para informarla de la muerte de Alekséi. Otras afirmaciones relativas al parecido del pequeño con la tristemente fallecida Irina acabaron por conformar una carta sensiblera y perturbadora que Vasili estuvo a punto de romper en varias ocasiones; aunque, por último, decidió dejar el destino de la epístola en manos del buen Dios.

Durante meses, Alekséi vivió con el sacerdote en la humilde casita de este. No dejaba de ser una solución temporal e incómoda, en tanto aguardaban la improbable respuesta de la tía Vania, pero Vasili no tenía ninguna intención de llevar al hijo de su mejor amigo al orfanato. Alek le ayudaba a decir la misa y colaboraba en las tareas de la casa que la vieja criada ya no conseguía hacer por sí sola. La anciana Olga era otra de las filantropías del sacerdote: la mujer estaba prácticamente ciega y había perdido su antigua mano para cocinar. Vasili, un sacerdote olvidado en medio de una aldea olvidada, era tan pobre como los fieles que acudían a su iglesia, así que poco podía hacer para combatir sus penurias, mas trataba de ayudarlos en todo lo que estaba en sus manos: si había que arreglar una puerta o recoger la cosecha, allí estaba el primero. Toda la aldea lo quería y no podía ser de otro modo.

Pese a que Vasili cuidaba de Alekséi con todo el amor posible, el pequeño no lograba olvidarse de su padre. Por las noches, tenía horribles pesadillas en las que veía a Nikolái devorado por los osos, salvajemente descuartizado, agonizando en soledad sin que nadie lo agarrase de la mano. Se despertaba a cualquier hora, gritando y sudando aunque sucediese en pleno invierno. Vasili temía que el niño enfermase: después de esas noches tan terribles, apenas comía durante días. El chiquillo creció y adelgazó hasta convertirse en un saco de huesos, tan flaco que parecía a punto de desvanecerse. Cuando la anciana Olga lo abrazaba, reprimía un suspiro para que el muchacho no supiese lo mucho que les preocupaba.

Cuando el deshielo y el comienzo de la primavera dejaron libres los caminos, llegó la ansiada carta de la tía Vania. El sobre estaba arrugado y sucio, y Vasili pensó que era un milagro que hubiese llegado hasta sus manos. Durante horas se sintió incapaz de abrirlo, como si postergar el destino de Alekséi fuese lo único posible de afrontar en aquel momento. Pero al final del día, cuando la casa se llenaba de sombras silenciosas, supo que era el momento de enfrentarse a las palabras de Vania y las decisiones que acarreaban. Se sentó junto al fuego, el único que hablaba en aquella noche, y abrió el sobre con cuidado. Luego desplegó las tres cuartillas de apretada letra que habrían de sellar para siempre el destino de Alekséi Bogdánov.

11

Canaris

*U*na *luz prodigiosa se filtraba a través de las cristaleras del* hall *del Ritz: era la luz de Madrid, tan diferente de todos los lugares donde había estado antes. En cierto modo, era como si el cielo de Madrid estuviese más alto, más alejado de las miserias de las personas, lo que le permitía respirar con plenitud; aunque tal vez solo fuese una impresión suya, pues en aquel hotel, cosmopolita e impersonal, había encontrado lo más parecido a un hogar.*

No había demasiado ajetreo en el salón de té y Margot decidió aguardar allí la inminente llegada de Canaris. Si algo podía aventurar de los alemanes, era su estricta puntualidad, además de la fastidiosa pomposidad con la que pretendían disfrazar todas sus acciones. En su fuero interno estaba convencida de que lo que hacían allí no era más que un «jeu d'enfants», cuya trascendencia real apenas tenía relevancia. Sin embargo, ese era su negocio ahora y, aunque los empresarios del Trocadero[1] le pagaban con generosidad, no lograría mantener su elevado tren de vida si dejaba de «colaborar» con sus amigos alemanes.

1. Cabaret de Madrid.

—*¡Buenos días,* madame *Zelle!* —*Margot levantó la cabeza del café que removía abstraída en sus pensamientos. Frente a ella, ligeramente encorvado, el senador Junoy la observaba sombrero en mano. No pudo evitar reparar en su bigote, tan llamativo y acicalado, la característica más relevante de su aspecto y que siempre la hacía sonreír.*

—*¡Emilio!* —*replicó menos formal que él*—*. ¡Qué gran placer verle de nuevo! Le invitaría a sentarse para tomar una taza de café conmigo, pero estoy aguardando la llegada de otro caballero. ¡Cuánto lo siento, Emilio!*

—*¡Qué mala suerte la mía!* —*replicó Junoy con una pesadumbre un tanto fingida*—*. Entonces tendré que regresar a Trocadero si quiero disfrutar de su compañía por más tiempo.*

Margot le dedicó una gran sonrisa. Entre los muchos caballeros que había conocido en aquel Madrid engañosamente neutral, Junoy era uno de los pocos que se había mostrado como un amigo desinteresado. Pero el senador era una figura poco relevante para la «causa» y, por desgracia, no podía permitirse desperdiciar su precioso tiempo con él. Por el rabillo del ojo vio que Canaris entraba en el vestíbulo del hotel y sintió una punzada en la boca del estómago. Haciendo un esfuerzo por dominar sus emociones, se recordó a sí misma que lo suyo no era más que un negocio, y que la ardiente mirada de Wilhelm acabaría por apagarse tarde o temprano. Lo sabía porque ya había sucedido antes con otros...

—*Le esperaré en Trocadero con mucho gusto, Emilio* —*respondió tendiéndole la mano. Sabía que Junoy buscaba una mayor complicidad por parte de ella, pero ahora no era el momento de ofrecérsela: la conversación que iba a mantener con Canaris no podía tener testigos.*

45

12

Gijón

*E*l camino hasta Gijón fue un larguísimo y tortuoso avance por enrevesadas carreteras repletas de baches, pero el paisaje que ofrecía el trayecto era otra cuestión: acantilados custodiados por el mar salvaje e impenetrables bosques teñidos de las tonalidades del otoño, escondidos entre las bizarras montañas asturianas. Alexandre contemplaba con interés el paisaje agreste —tan diferente a todo lo que había conocido hasta entonces— y no lograba creer que en tan poco espacio se condensasen tantas maravillas naturales.

Llegaban a Gijón cuando la efímera luz de noviembre comenzaba a desvanecerse y la ciudad parecía estar bañada en tinieblas. El autocar atravesó la villa conduciéndolos hasta el puerto. Los barcos pesqueros, amarrados a la orilla, dormitaban el sueño de los justos hasta que llegase la madrugada y, con ella, una nueva jornada de trabajo. El autocar se detuvo en una explanada rodeada de palmeras. Ferdinand, antes de bajar, les explicó que aquella noche dormirían en un alojamiento que les había buscado el consulado en una pensión cercana. A la mañana siguiente, volverían a recogerlos para trasladarlos hasta El Musel,[2] donde embarcarían en un

2. Puerto de Gijón.

carguero de pabellón francés que transportaba carbón a La Rochelle y que se había brindado a llevarlos como pasajeros. Los tranquilizó asegurando que el consulado correría con todos los gastos que conllevase su repatriación. Aunque el Pomone tan solo era un mercante sin otro propósito que el comercial, había sido hundido en una acción bélica emprendida por un submarino alemán, y eso convertía a su tripulación en involuntarios *héroes de guerra*. Y, si bien no llegó a decirlo en alto, Francia estaba hambrienta de todos los héroes que pudiese devorar para no perder la convicción de que la guerra terminaría con un éxito para ella.

Los tripulantes del Pomone descendieron del autocar cansados aunque razonablemente satisfechos. Las palabras de Ferdinand habían logrado calmarlos y, ahora que sabían que regresarían a Francia con sus familias, se sentían más aliviados. Sin embargo, la tristeza por los compañeros caídos pesaba en el ambiente y reprimía cualquier manifestación de alegría por pequeña que fuera.

Al pie del vehículo esperaba otro empleado del consulado que Ferdinand presentó como *monsieur* Dumont y que se encargaría de acompañar a los marineros hasta su alojamiento en el cercano barrio de Cimadevilla. Dumont, un tipo bajito de bigote ralo e indumentaria impecable —sombrero hongo incluido—, contrastaba con el aspecto desaliñado de los supervivientes del Pomone. Sin embargo, dicha cuestión no pareció amilanarlo en absoluto. Reunió a la tripulación a su alrededor y, con voz grave y potente, les invitó a seguirlo sin distraerse ni perderse. Dumont se esforzó en hacer hincapié en dicho extremo: el barrio alto de Cimadevilla escondía entre sus callejuelas placeres prohibidos —explicó carraspeando con intención—, pero el carguero Combourg partiría a la mañana siguiente, con o sin ellos, y esa era una advertencia que no debía pasarles desapercibida.

—Ahora que por fin estamos solos, podremos hablar de nuestro asunto —le dijo Ferdinand cuando los marineros emprendieron su camino tras Dumont—. En cuanto nos comunicaron el hundimiento del Pomone, nos pusimos en marcha rezando para que estuviese entre los supervivientes del naufragio. Le hemos buscado un alojamiento distinto al resto, cerca del consulado, que espero sea de su agrado. Le acompañaré hasta allí y charlaremos más tranquilos en la habitación de la pensión. En las calles hay oídos por todas partes y me temo que los alemanes acechan nuestros pasos.

Alex lo agarró del brazo y le miró a los ojos. Tras el naufragio del Pomone había llegado a pensar que el ataque del submarino alemán no era una mera coincidencia. Tal vez trataban de impedir que llegase a Asturias y llevase a cabo su misión. Era como matar mosquitos a cañonazos, pero los alemanes habían demostrado que entre sus virtudes no estaba la mesura.

—¿Es posible que sepan algo de mi misión aquí? —preguntó a Ferdinand.

—No deberíamos descartar ninguna posibilidad por extraña que nos parezca —dijo separándose un poco—. Voy a permitirme la osadía de darle un consejo y espero que lo escuche con atención: desconfíe de las lealtades de todo el mundo, incluso de la mía, si quiere, y aun así no conseguirá estar seguro. Pero lo dicho, prefiero no hablar de estas cuestiones en la calle…

Bogdánov asintió incómodo. Había algo en Ferdinand que no acababa de gustarle, y pensó que no le resultaría difícil seguir su consejo. En la última reunión que mantuvo con Ladoux en las oficinas del Deuxième Bureau, le habían proporcionado su nombre como contacto en la ciudad, aunque habían omitido cuánto sabía y cuánto podía contarle. Aquella misión era como navegar en un campo de minas sin saber con certeza cuándo debía avanzar y cuándo detenerse.

Caminaron por las silenciosas calles de Gijón mientras Ferdinand le explicaba que la aparente tranquilidad de la villa era engañosa. La ciudad, ahora desierta bajo el ventoso mes de noviembre, había padecido tiempos más convulsos: apenas un año antes, la revolución sacudió el país y Asturias fue una de las regiones más maltratadas.

—Los mineros creyeron, pobres ingenuos, que iban a cambiar algo, pero lo único que consiguieron fue ver su sangre corriendo por los adoquines. Desde Madrid, enviaron al ejército a matarlos; una carnicería lamentable, desde luego, aunque debieron imaginarlo. ¡Y ahora, para colmo, la maldita gripe española! Están cayendo como moscas y todavía no ha comenzado lo más duro del invierno. Si no fuese por la guerra en Europa, habría rogado para que me sacasen de aquí…, pero ya no queda ningún destino bueno, supongo —comentó *monsieur* Ferdinand.

Tras cruzar la calle Corrida y girar en dirección a la calle Instituto, Alex volvió a toparse de frente con el mar. Rebasaron un hotel de lujo que el agregado consular no había elegido para él y alcanzaron el paseo de la playa San Lorenzo. A Bogdánov le resultó curioso como, en tan breve trecho, se llegaba a otro lugar de la ciudad también bañado por el mar. Ferdinand le explicó que esa zona de Gijón era una pequeña península con forma de puño y que ellos habían atravesado la parte más estrecha. Luego, le señaló un edificio cercano a la playa donde se ubicaba la pensión.

—Siento no poder alojarlo en el Malet. Sin duda, disfrutaría mucho más de su estancia allí, pero llamaría demasiado la atención. Es mejor que su presencia en Gijón pase desapercibida, o al menos esas son las instrucciones que hemos recibido de nuestros amigos del Bureau. Ya verá que esta es una ciudad pequeña y, tarde o temprano, se acaba sabiendo todo.

El agregado utilizó una llave que guardaba en el gabán

para acceder al edificio y Alex le siguió al interior. El portal estaba oscuro, iluminado por una bombilla huérfana de pantalla, y olía levemente a humedad, a salitre y a algún guiso de verduras. Había una escalera de mármol con barandilla de madera y forja que, al cabo de una docena de peldaños, ascendía girando hacia la derecha. Tenía un resabio señorial, pero era evidente que había conocido tiempos mejores. Bogdánov y Ferdinand subieron hasta el primer piso donde un cartel anunciaba la presencia de la pensión La Favorita. El agregado hizo sonar una campana colocada en una esquina de la puerta y se enderezó adoptando cierto aire marcial. La puerta de la pensión se abrió y, al otro lado, apareció una mujer tan inesperadamente hermosa que Alex no pudo evitar un gesto de estupor. Ferdinand se quitó el sombrero y se inclinó con gallardía.

—¡Buenas tardes, doña Lucía! Le traigo al huésped del que le hablé. Alexandre, le presento a doña Lucía Pertierra. Su negocio es, sin duda, el mejor alojamiento de toda la ciudad, aunque solo sea por la calidad de la anfitriona.

Doña Lucía le lanzó una mirada torcida que apenas duró un instante, luego se hizo a un lado y, con un gesto del brazo, los invitó a pasar al interior de la pensión. Bogdánov se sintió observado, como si la propietaria estuviese decidiendo en aquel preciso instante si su presencia en el hostal le traería problemas.

—Bienvenido a La Favorita, ¿señor...? —dijo formulando una pregunta que iba implícita en su silencio.

—Me llamo Alexandre Bogdánov, señora; pero llámeme Alex, si me hace el favor. Será más sencillo para todos.

—¿Bogdánov? —le preguntó la mujer a Ferdinand enarcando una ceja con extrañeza—. Tenía entendido que era un empleado del consulado...

—Francia es la patria de todos, querida —respondió el agregado con una sonrisa impostada. Era demasiado pronto o, tal vez, demasiado tarde para tener que ofrecer tantas explicaciones. Doña Lucía pareció conformarse con la respuesta.

—Está bien. Señor Bogdánov —dijo haciendo caso omiso a su sugerencia—, haga el favor de acompañarme y le indicaré cuál es su habitación. Luego nos ocuparemos de cumplimentar los datos que nos faltan. Ya tendremos tiempo para ello.

Doña Lucía les acompañó a través de un pasillo estrecho que les obligó a avanzar en fila, uno tras otro. Al final, se cruzaba en perpendicular con otro corredor, a lo largo del cual había varias puertas. Al fondo y a la izquierda, una ventana alta y estrecha ofrecía unas escuetas vistas a la playa. La anfitriona sacó un abultado manojo de llaves, abrió la última puerta del pasillo y, entrando en la habitación, los invitó a seguirla. Era un cuarto amueblado de forma modesta y funcional, pero estaba escrupulosamente limpio y disponía de dos ventanas de buen tamaño que daban a la calle y al mar. Alex, que se había hospedado en lugares mucho peores, no tenía nada que objetar ni al alojamiento ni a la anfitriona.

—Hay un baño al comienzo del pasillo. Ahora mismo estamos escasos de clientela, así que no tendrá que compartirlo con muchos huéspedes. Encontrará toallas y mantas dentro del armario —le dijo haciendo un gesto hacia un enorme y pesado mueble—. Si necesita algo más, tan solo tiene que pedirlo. Le dejaré tiempo para instalarse y más tarde hablaremos sobre las normas de la casa. Ferdinand, tendremos que hacer cuentas antes de que se vaya.

Ferdinand asintió y le guiñó un ojo con picardía. Alex le dio las gracias y la acompañó hasta la puerta, que luego cerró tras ella.

—Hermosa mujer —dijo mientras el agregado exhalaba un efusivo suspiro.

—¡Y tanto que lo es! Me ha robado el corazón y lo

sabe la muy ladina —respondió con una sonrisa—. Y ahora, hacer negocios con ella resulta mucho más complicado. ¡Me saca el dinero como si fuese una sucursal del Banco de Francia! Cualquier día me llamarán al orden y me cortarán el grifo; de no ser por la maldita guerra, ya habría sucedido. Por cierto, ¿cómo es que habla español tan bien? —preguntó cambiando de tercio de repente—. Tengo entendido que es ruso de nacimiento...

—Es una historia demasiado larga y complicada. Tal vez se la cuente en otra ocasión.

—Pues en otra ocasión será —afirmó Ferdinand poniéndose serio de repente—. Vayamos con los negocios que nos ocupan. Tengo buenas noticias para usted —dijo mientras se frotaba las manos con manifiesta satisfacción—. Hemos conseguido localizar al contacto de Mata Hari en la ciudad. Sabemos dónde vive y dónde trabaja.

—Tal vez sería más prudente que nos refiriésemos a ella como la agente H21, ¿no cree?

—Sí, claro, supongo que resultaría más discreto, si no fuera porque esa es la identidad que le otorgaron los alemanes —replicó Ferdinand con ironía—. No se preocupe, amigo, aquí podemos hablar sin andarnos con tantos miramientos.

—De acuerdo, pero esta no es una misión cualquiera, Ferdinand. Cuanto menos se sepa de lo que estoy haciendo aquí, mejor para todos.

—Tranquilo, Bogdánov. He seguido las instrucciones del Deuxième Bureau al pie de la letra. Ni siquiera el cónsul está informado de lo que viene a buscar aquí. Dumont y yo nos hemos ocupado de toda la investigación y créame si le digo que no ha sido tarea fácil localizar al objetivo sin levantar la liebre. Se llama Thea Reinder, amiga y compatriota de Mata Hari. Si llega a enterarse de que la estamos buscando, puede que se asuste y se deshaga de los documentos.

—¿Y los alemanes? ¿Qué saben los alemanes de todo esto?

—Su presencia aquí es meramente representativa, no es un destino estratégico como puede imaginar. Pero no sabemos quién trabaja para ellos, por eso es tan peligroso hablar de estos asuntos en la calle.

—Está bien. Le agradezco los consejos, Ferdinand. Trataré de establecer contacto con *mademoiselle* Reinder de manera casual y... —Ferdinand rompió a reír sin venir a cuento y Alex lo observó con extrañeza: no era consciente de haber dicho nada gracioso.

—Claro que sí, amigo; todo lo *casual* que pueda resultar el encuentro entre una holandesa y un ruso en esta ciudad. Le deseo buena suerte. Me temo que va a necesitarla.

Alex se encogió de hombros consciente de lo complicado de la misión que le habían encomendado y de su escasa experiencia para afrontarla.

—Jugaremos con las cartas que tenemos —respondió, en cierto modo, resignado.

—Pues espero que se le dé bien ir de farol, amigo. En fin, le contaré todo lo que hemos averiguado hasta ahora.

53

13

Adiós, Madrid

Von Kalle[3] había decidido que su destino estaba en París y la decisión se planteó como algo irrevocable. Si en algún momento de debilidad llegó a creer que Canaris se opondría a ello, que buscaría cualquier excusa para prolongar su estancia en Madrid, se equivocó por completo. Las últimas ocasiones en que se habían encontrado se mostró frío y distante, como si pretendiese evidenciar que su relación se había limitado a lo profesional, a pesar de las ardientes veladas en la habitación del Ritz que demostraban lo contrario. Margot no lograba decidir si admiraba o detestaba esa rigidez de los alemanes, ese extraordinario sentido de la disciplina que parecía determinar cada paso que daban. Y, al fin y al cabo, no importaba: se trataba de un debate estéril que no le serviría para nada. De hecho, sabía desde el principio, y no podía engañarse al respecto, que Canaris la amaría mientras le resultase útil y luego se olvidaría de ella con la misma facilidad con que se había encandilado. Aunque no necesitaba consuelo: la vida le había proporcionado tragos más amargos y eso la había transformado: su

54

---

3. Agregado militar alemán en Madrid, al mando de los servicios secretos en la ciudad.

caparazón era más duro, mucho más difícil de romper. Y en París la esperaba el Moulin Rouge... el MOULIN ROUGE, así, escrito en letras mayúsculas, dándole la importancia que merecía actuar en el cabaret más famoso de Europa, ¡qué decir!, el cabaret más famoso de todo el mundo. Sería el cenit de su carrera artística, su mayor logro. Pero tampoco se engañaba al respecto: tras el cenit siempre viene la caída... De pronto, sintió un escalofrío que dejó tras de sí un poso de desasosiego. En el fondo, no quería abandonar Madrid, no quería hacerlo; aquí se había sentido segura, querida y admirada. A pesar de estar inmersa en las maquinaciones de los alemanes, a pesar de verse obligada a utilizar sus artes para obtener información, permanecía alejada de la odiosa guerra que había logrado emponzoñarlo todo. Y ahora tendría que regresar a las miserias de un París devastado por el conflicto, regresar a los brazos de un pueblo desmoralizado y asustado. Y tendría que arrancarles sus secretos para favorecer a los alemanes. Sería lo peor que se podía ser en aquel país: espía y traidora. Se le antojó que iba directa a meterse en la boca del lobo y que se comportaba como una oveja mansa que no ofrecía ninguna resistencia.

14

La botica

Mientras se vestía con las ropas que le había traído Ferdinand, Alex trataba de pergeñar un plan para entablar contacto con Thea Reinder. Le había sorprendido toda la información que manejaba el agregado consular. Parecía saberlo casi todo de ella: su domicilio, sus relaciones, el lugar donde trabajaba…; y lo cierto es que este último simplificaba mucho las cosas. Podía acudir a la farmacia y entablar conversación con ella de manera casual: consultarle algún malestar fingido, tal vez, pedirle consejo sobre algún preparado medicinal y aprovechar la circunstancia para comentar la original coincidencia de sus extraños acentos porque, aunque llevase tiempo viviendo en Gijón, estaba seguro de que Thea Reinder conservaba su acento holandés. Por un instante, se preguntó si esa peculiaridad sería un buen reclamo —una curiosidad de la botica que atraería el interés de un público provinciano— o todo lo contrario. Imaginó que el hecho de que el benefactor de Thea fuese el estomatólogo más prestigioso de toda la región habría influido en su contratación. Manuel Prendes-Lorenzo había formulado la receta de un tónico estomacal que se vendía por centenares en las farmacias y que lo había convertido en un hombre extraordinariamente rico, a decir de Ferdinand.

Tras vestirse con las ropas prestadas que le dejaron la sensación de llevar la piel de otro, abandonó la pensión sin tener un plan definido. Intentaría una primera toma de contacto en la farmacia alegando unas migrañas recurrentes y vería cómo se desarrollaba la conversación con *mademoiselle* Reinder. No sabía nada del carácter de aquella mujer, de la desconfianza que le inspiraría un completo desconocido, así que trataría de avanzar despacio. Ferdinand le había explicado que la botica donde trabajaba Thea se encontraba en plena calle Corrida, no muy lejos de la pensión en la que se alojaba, uno de los ejes principales de la ciudad que encontraría sin problemas. Ferdinand se ofreció a acompañarlo hasta allí, pero Bogdánov prefería actuar solo y, al fin y al cabo, debía familiarizarse con la que sería su ciudad durante las próximas semanas.

La mañana de noviembre presentaba un cielo gris plomizo y los nubarrones formaban un manto espeso que no dejaba pasar la luz del sol. Aún no hacía un frío severo y la gente se paseaba por las calles con un ojo puesto en las nubes, pues no tardarían demasiado en verter su agua. Alex apuró el paso siguiendo el camino que Ferdinand le había indicado. Le llamó la atención lo señorial de las calles y edificios que le recordaron a los bulevares de París. Gijón era una ciudad pequeña con ínfulas de grandeza. El agregado consular le había comentado que esta era la mejor cara que ofrecía la ciudad: el centro y los alrededores de la playa de San Lorenzo, los lugares más cuidados y, hasta cierto punto, mimados, para satisfacer las aspiraciones de los veraneantes cosmopolitas que visitaban la villa. Trataban de competir con otras ciudades del norte del país, como Santander o la regia San Sebastián, mas no empleaban el celo necesario para conseguirlo. También existía otro rostro de Gijón que no le resultaría tan idílico: los caóticos barrios donde vivían los obreros; astrosos, descuidados y se diría, incluso, que abandonados a su suerte.

Apenas tardó en llegar a la farmacia donde trabajaba Thea Reinder: un edificio modernista ornado con unas pretenciosas columnas abrazadas por serpientes enroscadas. La fachada del local estaba decorada con pequeños azulejos que representaban diversas escenas relacionadas con la profesión farmacéutica. Eran de vivos colores y, probablemente, relucirían bajo el sol atrayendo la atención de los transeúntes. Se trataba, en apariencia, de un establecimiento que cultivaba una clientela muy selecta, habituada a gastarse los cuartos en cualquier remedio milagroso que prometiese mejorar su calidad de vida. Antes de atreverse a entrar, Alex echó un vistazo al interior del local, aunque, tras los tarros apilados que abarrotaban el escaparate, no consiguió ver a ninguna mujer atendiendo a la clientela. Al otro lado del mostrador, había un hombre de mediana edad con una impoluta bata blanca y un bigotillo ridículo. Por un instante se preguntó si la información que manejaba Ferdinand podía ser errónea, o si habría alguna razón para que *mademoiselle* Reinder no se hubiese presentado al trabajo ese día. Aun así, se decidió a entrar con la intención de curiosear y hacerse una composición de lugar. Tal vez escuchando las conversaciones de los clientes lograra enterarse de algo que lo ayudase.

Alex franqueó las distinguidas puertas de la botica, donde fue recibido con un educadísimo saludo del dependiente que, tras dirigirle una amplia sonrisa, continuó atendiendo a una señora de considerable envergadura ataviada con un sombrero de paja. A su derecha, en una esquina del local, había dos mujeres que conversaban bajito y que apenas le prestaron atención. Una de ellas sostenía un bote con un ungüento verde que se extendió por el dorso de la mano con mucha delicadeza; después se lo mostró a la mujer que le tocó la mano sin ocultar su satisfacción.

—¡Está suavísima! —señaló con entusiasmo.

—¡Y huele fenomenal! —respondió la otra acercándole la mano a la nariz.

Tras escuchar aquellas tres palabras, algo captó el interés de Bogdánov; tal vez fue la manera de pronunciarlas, levemente atropelladas, delatando que el castellano no era su lengua materna, pero supo al instante que aquel era el acento neerlandés con el que esperaba identificar a Thea Reinder. Fijó su atención en ella tratando de disimular la curiosidad que le causaba: *mademoiselle* Reinder era una joven de cabellos castaños recogidos en un voluminoso moño que dejaba su rostro al descubierto. Durante las semanas que seguirían a su primer encuentro, Alex pensaría muchas veces, quizás demasiadas, en lo peculiar que era el rostro de Thea, en cuál sería la explicación a la magia de su belleza. Si se conformaba con estudiar sus facciones por separado —sus almendrados ojos castaños, su nariz ligeramente puntiaguda, su frente despejada y la boca de labios carnosos—, no llegaría a ninguna conclusión. Pero los matices eran otra cosa, los matices lograban cambiarlo todo: los ojos castaños se tornaban verdosos cuando los besaba la luz del sol, la nariz cubierta de pecas le otorgaba una dulzura que contrastaba con su carácter y el labio inferior pedía a gritos ser besado, como si ese fuese el único afán al que pudiese aspirar un hombre. Aunque todos esos pensamientos vendrían después porque, en aquel momento, Alex tan solo pudo reparar en su original hermosura; antes de que Thea le clavase una inquisitiva mirada con la que pareció exigirle que guardase distancia y se abstuviese de escuchar conversaciones ajenas.

—Enseguida estaremos con usted, caballero —le dijo, por si el efecto de su mirada no había sido lo bastante explícito.

Alex se limitó a hacer un gesto de asentimiento; no quería revelar sus cartas con premura. Prefería contar con

59

toda la atención de Thea cuando hablase con ella por primera vez. Obediente, se dirigió al otro extremo de la botica dejándoles la intimidad que reclamaban. Al mismo tiempo, comenzó a rezar por que la señora oronda tuviese palique suficiente para entretener al farmacéutico mientras Thea permanecía ocupada.

15

Resentimiento

La vida en París resultó ser tal y como había imaginado: un caleidoscopio de imágenes atosigadas. París siempre había sido diferente del resto de Europa: las apariencias habían acabado por convertirse en una segunda piel para los franceses; pero ahora, con la guerra, todo se había sublimado transformándose en una absurda locura. Y bastaba rascar la superficie y desechar esa segunda piel para encontrar la verdadera naturaleza de aquel pueblo consumido por el conflicto: miseria, hambre y miedo por todas partes; un triunvirato que había destruido el espíritu de los franceses, que tan solo se mantenían en pie a fuerza de orgullo.

Desde el primer momento percibió que, pese a la bienvenida de los parisinos y su deseo de olvidar los devastadores efectos de la guerra durante unas horas, sus ojos estaban repletos de rencor y sus felicitaciones por el éxito del espectáculo no eran del todo sinceras. Le costó un tiempo entender su reacción, hasta que comprendió que no conseguían ocultar su envidia: ella no era parisina, ni tan siquiera francesa; podía salir de allí, abandonar el país y no volver a pensar en sus muertos o, peor aún, en la posibilidad de una derrota que no sabría de misericordias. Enfrentada a esa realidad, supo que no encontraría piedad en el corazón de los franceses. Debía tener cuidado, mucho cuidado, pues el camino que seguía se aventuraba plagado de dificultades.

Despertó a la fría mañana de invierno y abandonó la cama con la sensación de peligro a flor de piel. La noche anterior tuvo que asistir a una fiesta después del espectáculo en el Moulin —la organizaba un alto cargo del ejército con fama de libertino y no pudo declinar la invitación—. Resultó un completo fiasco: los militares estaban demasiado borrachos para facilitar alguna información fiable y, tal vez, ella había bebido más de la cuenta también. De un tiempo a esta parte le ocurría con frecuencia: parecía el único modo de librarse de la sensación de suciedad que se le pegaba a la piel. Lo malo es que hacía semanas que no tenía nada que ofrecer a los alemanes y ya comenzaban a estrecharle la soga alrededor del cuello. Y, además, para empeorar la situación, estaba el recado que habían entregado en su mansión del Bois de Boulogne: debía presentarse en la embajada holandesa antes del mediodía. Al parecer, el embajador no se sentía cómodo con la imagen que Mata Hari proyectaba al resto de Europa: su frivolidad era incompatible con los tiempos de guerra que vivían y conllevaba un agravio que ensuciaba la imagen del pueblo holandés que él representaba. Rompió aquella estúpida nota en mil pedazos y, durante unos instantes preciosos, se imaginó ignorando las instrucciones del embajador. El muy mentecato no podía saber hasta qué punto estaba de acuerdo con él. Había cambiado Leeuwarden[4] por la exótica Java huyendo precisamente del «carácter» holandés —no había tanta honorabilidad en él como el embajador le suponía—. Su arranque de rebeldía no tardó en desvanecerse: quizás llegase el día en que precisase del auxilio

---

4. Pueblo natal de Margot situado al norte de los Países Bajos.

de la embajada, así que debía acudir allí para rendirle pleitesía al embajador, ofrecerle sus disculpas y la promesa de moderar su conducta. Luego, tan traviesa como siempre, pensó en llevarle una foto firmada, una de esas en las que aparecía con un tocado de plumas más generoso que sus escuetos ropajes. Esbozó una sonrisa torcida al imaginar el desconcierto del embajador ante semejante regalo.

Pese a sus buenas intenciones, el encuentro con el embajador y su secretario personal resultó ser un completo desastre. Puede que, de haberse reunido a solas con el embajador, hubiera tenido alguna oportunidad de éxito. Pero aquel secretario místico y amargado estaba desbordado por una misoginia feroz, y se dedicó a cuchichear en el oído del embajador cada vez que sus sonrisas y halagos lograban ablandarlo. El tipo tenía una mirada vidriosa y enfermiza, los ojos inyectados en sangre, y Margot sentía que se le erizaba la piel cada vez que fijaba su atención en ella. No tardó demasiado en saber que aquella reunión no solo no le aportaría ningún beneficio, sino que hasta podría causarle algún tipo de perjuicio. Hastiada, se levantó en medio de una de las interminables peroratas del embajador y lo dejó con la palabra en la boca. Cuando el secretario se disponía a seguirla exigiéndole que volviera a sentarse, le cerró la puerta en las mismísimas narices. Estaba segura de que le había hecho daño con la puerta, lo que le provocó una profunda satisfacción. Bajó presurosa la escalinata retorcida que conducía al hall de la embajada y, con las prisas, se tropezó con una mujer que subía las escaleras y que estuvo a punto de tirarla.

—¡Disculpe, madame, no la había visto! —dijo en un francés que rascaba como el esparto. Margot la observó con atención: era una jovencita alta y delgada con los ojos arrasados de lágrimas; el cuerpo le temblaba como un junco torcido. Su corazón se encogió porque aquella muchacha era su talón de Aquiles: una mujer joven, poco más que una niña, en apuros. Supo que no sería capaz de seguir adelante y olvidarse de ella, así que se resignó a aceptarse tal como era.

—No te disculpes, querida. Ya ves que no ha pasado nada; las dos estamos bien. Eres una compatriota, ¿verdad? —le preguntó haciéndole un guiño—. Me temo que nuestro acento nos delata.

La muchacha parpadeó desconcertada y, al ser consciente de las lágrimas que colmaban sus ojos, las desechó con el dorso de la mano. Parecía avergonzada por la situación y Margot temió que, en cualquier momento, echase a correr para perderse entre las calles de París.

—Sí, soy holandesa, señora. He vivido en La Haya hasta hace un mes. Supongo que mi francés es un horror; nunca me gustó demasiado. ¡Lo pronuncian todo con una dulzura tan empalagosa! Y, sin embargo, usted habla un francés excelente.

—Gracias, querida. Siempre he tenido una habilidad innata para los idiomas; hablo francés, algo de inglés y español, además del neerlandés, por supuesto.

—¿Español? —preguntó la muchacha repentinamente interesada.

—Pues sí, español —respondió Margot lanzándole una mirada curiosa—. He tenido la suerte de vivir durante largas temporadas en España. Es un país maravilloso.

—No puede ser... —musitó la muchacha—. Parece cosa del destino.

Margot la observó intrigada; aquellas cuatro palabras habían conseguido vencer sus últimas reticencias. El destino en cualquiera de sus variantes —azar, sino, fortuna o fatalidad— era el único dios en el que aún creía; y si su dios la reclamaba, no podía darse la vuelta e ignorarlo. No; simplemente no podía.

—*¿Puedo preguntarte cómo te llamas, querida?*

La muchacha alzó su rostro que, libre de lágrimas, parecía haberse apropiado de una nueva determinación. Margot percibió la fuerza que se escondía en su interior.

—*Me llamo Thea* —*respondió*—, *Thea Reinder.*

—*Bien, Thea, encantada de conocerte. Yo soy Margot Zelle, compatriota y, desde ahora, amiga. ¿Qué te parece si me acompañas, me cuentas qué te sucede y vemos qué puedo hacer por ti?*

Thea asintió con rotundidad, aceptando el brazo que Margot le ofrecía; y, a continuación, abandonaron juntas aquella oscura embajada que no volverían a pisar jamás, para alivio de ambas.

16

Moscú

Moscú era un lugar tan hermoso como temible. Vasili jamás había sido tan consciente de su irrelevancia como al pasear por la plaza Krásnaya[5] o al visitar la catedral de San Basilio. Le sobrevenían un maremágnum de emociones a la par gratas e ingratas: se sentía culpable porque era la muerte de su amigo Nikolái lo que le había conducido hasta allí; se sentía cobarde por haberse condenado a una vida mezquina y diminuta en un pueblo perdido de la estepa siberiana; se sentía afortunado de poder conocer Moscú y todas sus maravillas gracias al dinero que les había enviado la tía Vania; y se sentía apenado por tener que despedirse del pequeño Alekséi que, en tan poco tiempo, se había convertido en la luz de su vida.

Meses antes de su llegada a Moscú, Vania le había escrito una segunda carta en la que le enviaba una cantidad nada desdeñable de dinero y unas profusas instrucciones de cuáles serían los pasos para lograr el ansiado encuentro con su sobrino Alekséi. Debían reunirse en Moscú aprovechando el escueto verano de Siberia y, para ello, tenían que

5. La plaza Krásnaya es la conocidísima plaza Roja. La palabra rusa *krásnaya* significa «roja», pero también «bonita».

ponerse en camino a la mayor brevedad posible. El dinero enviado serviría para pagar el viaje y el hospedaje en una fonda de Moscú hasta que Vania y su esposo completasen su parte del trayecto.

A pesar del buen tiempo que les acompañó durante todo el viaje —buen tiempo siberiano que era como decir mal tiempo en cualquier otra latitud—, el periplo fue una auténtica pesadilla que trataron de soportar con la mayor resignación posible: diligencias que se retrasaban días enteros, que circulaban por carreteras de mala muerte, que perdían ruedas u otras piezas imprescindibles para avanzar; incómodos asientos en trenes de trayectos infinitos; posadas miserables —sucias y desoladas— donde dormir o comer se convertía en toda una aventura; y el continuo temor a que les robasen el dinero, se llevasen a Alekséi o se perdiesen para siempre en algún punto del camino. Pero una luminosa mañana del mes de julio llegaron a Moscú y, tras mucho preguntar y no poco callejear por sus avenidas y bulevares, consiguieron encontrar la fonda de Marya —el lugar indicado por Vania para su encuentro— y, después de vagar durante semanas por tierras ingratas, llegar a aquella hospedería acogedora, limpia y cálida fue mucho mejor que llegar a casa.

Los días posteriores y en tanto aguardaban la aparición de Vania, se dedicaron a conocer Moscú; primero, con cierto temor reverencial y, según pasaba el tiempo, cautivados por el embrujo que aquella ciudad gloriosa despertaba en dos aldeanos que jamás habían abandonado su remoto pueblo. Pese a su fascinación por la ciudad, Lébedev no olvidaba su misión y no se separaba de Alekséi en ningún momento: lo llevaba cogido de la mano allá donde fuese, y todas las mañanas y todas las noches le preguntaba a Marya, la dueña de la fonda, si tenía noticias de la llegada de la tía Vania. Una noche, mientras cenaban al calor de la chimenea un suculento guiso de cordero, Vasili se percató de que Alekséi apenas levantaba la cabeza del plato. La cuchara reposaba sobre la mesa acogida por una servilleta de tela y la grasa del cordero comenzaba a espesarse sobre la superficie del suculento guiso.

—¿Qué ocurre, Alek? ¿No te gusta el guiso de Marya?

Alekséi negó levemente sin llegar a alzar el rostro y a Vasili le extrañó tanta introspección. Resignándose a abandonar el manjar inacabado, se levantó de su asiento y se acercó hasta el lugar donde estaba el niño. Se acuclilló a su lado y, agarrándolo por los brazos, le obligó a mirarlo. Alekséi se resistió unos instantes para mirarlo a través de un rostro arrasado por las lágrimas. Vasili sintió que le aferraban el corazón con un puño y que apretaban con saña; hasta ese punto se había encariñado con el hijo de Nikolái.

68

—Pero ¿qué sucede, pequeño? ¿Acaso estás enfermo? ¿No te encuentras bien?

Alek se frotó los ojos con las mangas de la chaqueta donde dejó un rastro húmedo de lágrimas y mocos. Su voz sonaba débil y vacilante cuando dijo:

—No sé si quiero irme con la tía Vania. —Sus ojos tristes y asustados recordaban a los de un cachorrillo abandonado—. Ni siquiera la conozco. No la he visto nunca.

—Pero es la hermana de tu madre, Alek. ¿Con quién vas a estar mejor?

—Contigo, tío Vasili. No nos ha ido tan mal durante estos años, ¿no? Olga cuida de nosotros y nosotros cuidamos de ella.

Lébedev sintió cómo la garra se ensañaba con su corazón. No podía ignorar las razones del chiquillo, no podía enfrentarse a unos ojos que tan solo exigían amor. Cerró los suyos unos segundos y visualizó dos futuros posibles: en uno, Alekséi y él regresaban al pueblo con la vieja Olga, un futuro repleto de amor pero también de penalidades, de puertas que se cerraban, oportunidades perdidas y miserias compartidas; en el otro, percibía una vaga incertidumbre respecto al amor que la tía Vania le brindaría al hijo de su hermana, pero al final de aquel camino estaba París, un mundo colmado de posibilidades donde todos los futuros eran posibles. Cuando abrió los ojos de nuevo, supo, como en una revelación del buen Dios, que el destino de Alekséi Bogdánov estaba en ese París lejano y que todos los pequeños dramas de su vida les habían conducido hasta allí por algún motivo.

—Estarás bien con tu tía. Si ha sido capaz de atravesar media Europa en busca del hijo de su hermana, no debes dudar que lo hace por amor. Ella cuidará de ti y tendrás una vida mil veces mejor que la que puedo ofrecerte yo.

—Pero ¿y si ella no me quiere? —preguntó Alek con empeño.

—¿Por qué dices eso, Alekséi? ¿Qué es lo que te preocupa? —El niño agachó la cabeza de nuevo y Vasili, agarrándole el mentón, le levantó la cara con cuidado. Una lágrima gruesa y silenciosa se deslizó por su rostro hasta perderse en el suelo.

—¿Cómo habría de quererme si yo maté a su hermana?

—¿Qué estás diciendo, Alekséi? Tú no mataste a nadie. Tu madre murió de complicaciones en el parto, pero no fue culpa tuya.

—¿Estás seguro de eso, Vasili? —dijo sujetándolo por la manga. Había tanta desesperación en las dudas de Alekséi que el sacerdote se preguntó cuánta culpa había estado soportando el chiquillo.

—No sé lo que te contaría tu padre, Alek, pero tu madre no tenía mayor ilusión que traer un hijo al mundo. Recuerdo que, cuando supo que estaba embarazada de ti, vino corriendo a la iglesia para darme la buena nueva. Jamás la había visto tan feliz, ni tan siquiera el día de su boda. Meses más tarde, unos días antes de dar a luz, vino a verme de nuevo. Parte de esa alegría radiante se había desvanecido. Era como si hubiese tenido una premonición, como si de algún modo supiese lo que iba a ocurrir. ¿Y sabes lo que me dijo, Alek?

—No. ¿Qué te dijo? —preguntó Alekséi con apenas un murmullo.

—Me dijo que, pasase lo que pasase, había merecido la pena si su hijo sobrevivía al parto. Luego me pidió que cuidase de los dos, de Nikolái y de ti. Traté de convencerla de que todo saldría bien, pero no había venido a eso. Tan solo quería que alguien supiese que todo estaba bien, tan solo quería que tú supieses que todo estaba bien. Nadie puede culparte de la muerte de tu madre, Alek. Debes liberarte de esa idea por completo.

Alekséi asintió pese a que la tristeza seguía agarrada a su mirada. Lébedev pensó en pedirle a Marya que les recalentase la cena, pero también había perdido el apetito. Se sentaron muy juntos, agarrados de la mano, mientras observaban las llamas crepitando en un fuego anaranjado, y se dejaron llevar lastrados por sus pensamientos atribulados, permitiendo que la tristeza reinase por una noche.

A la mañana siguiente, la tía Vania llegó a Moscú.

17

Los Jardines de la Reina

Alexandre se citó con Ferdinand en un pequeño café situado en los Jardines de la Reina, un lugar rodeado de exóticas palmeras en las proximidades del puerto. El local tenía una estética similar a los cafés parisinos y participaba de ese glamur que ofrecía la parte más cosmopolita de la ciudad. Cuando por fin encontró el café, después de atravesar una niebla tan densa que parecía humo, el agregado consular lo aguardaba sentado en una mesa pegada a un ventanal con vistas a las palmeras. Alex supuso que Ferdinand acudiría allí con frecuencia para combatir la añoranza de su tierra: los parisinos jamás lograban desprenderse de la convicción de que París era el mejor lugar del mundo. Un cielo plomizo, cubierto de nubes bajas, contagiaba una ineludible sensación de derrota y, en aquel preciso momento, Alex llegó a sentir que soportaba el peso del mundo sobre su espalda.

—¿Así que la *mademoiselle* es un hueso duro de roer? —le preguntó Ferdinand con cierta sorna después de que Alex se sentase a su lado y pidiera un café con leche.

—Me recetó unas píldoras para la migraña y se escondió en la trastienda. Le pidió a su compañero que hiciese el favor de cobrarme las medicinas —reconoció de mala gana.

Era un resumen breve pero bastante fidedigno de su desastroso primer encuentro con Thea Reinder.

—Pero ¿qué hizo para espantarla de tal modo? —preguntó Ferdinand reprimiendo una sonrisa que no llegó a ocultar del todo.

—No lo sé —afirmó Bogdánov reconociendo su desconcierto—. Me miró torcido desde el mismo instante en que abrí la boca y, cuando me atreví a hacer un comentario sobre su acento y le pregunté si era extranjera, se fue a buscar las píldoras a la rebotica sin llegar a responder siquiera. No sé qué voy a hacer para ganarme su confianza…

—¡Pues vaya! Lo lamento mucho, amigo, pero yo no tengo madera de casamentera. Pensé que enviarían a alguien más ducho en estas lides; al fin y al cabo, se trata de embaucar a una mujer, ¿o tal vez me equivoco? —respondió el agregado sin disimular su ironía.

—Son muchas las habilidades exigidas para llevar a cabo esta misión…, demasiadas, quizás —respondió Alexandre un tanto molesto con la impertinencia de Ferdinand. El agregado le dedicó una amplia sonrisa que, por un instante, le recordó al gato de Cheshire y tuvo la sensación de que continuaba burlándose de él. Durante un tiempo se limitaron a revolver el café con sus cucharillas ruidosas. Por último, Ferdinand se animó a mostrar sus cartas.

—El próximo sábado, Víctor Cienfuegos dará una fiesta en el hotel Malet. Cienfuegos es uno de los industriales más poderosos de la región y va a celebrar su aniversario rodeado de lo mejorcito de la sociedad asturiana; cumplirá cincuenta años y será una fiesta por todo lo alto. Tal vez pueda lograr que inviten a alguien del consulado…

—¿Y de qué nos servirá asistir a una fiesta de cumpleaños? —preguntó Bogdánov desconcertado.

—Cienfuegos es amigo íntimo de Manuel Prendes-Lorenzo, el protector de *mademoiselle* Reinder. Estoy seguro de que ambos acudirán a la fiesta y usted tendrá la ocasión que busca para entablar conversación con ella. Le aconsejo que no malgaste esta oportunidad; no sé si estaré en condiciones de ofrecerle otra.

Alex asintió. Ferdinand tenía razón: no podía desaprovechar la oportunidad que le brindaba y sin embargo no conseguía entusiasmarse con la idea. La frialdad de Thea le había contagiado una inseguridad que le resultaba tan ajena como la piel de otro; y lo que era aún más grave: no lograba olvidarse de su rostro ni un solo instante, aunque sabía que el peor error que podía cometer era implicarse emocionalmente en la misión que le habían encomendado.

73

18

Los Montes-Petrova

*E*n el primer recuerdo que guardaba de ella, había asociado a la tía Vania con una fuerza de la naturaleza: un vendaval de aires nuevos con algo de terremoto, pues conseguía que todo temblase a su alrededor. Desde el mismo momento en que posó sus delicadas botas parisinas en la fonda de Marya, nadie pudo mantenerse ajeno a su presencia allí. Marya subió las escaleras a trompicones y, con el aliento acelerado, anunció la presencia de Vania y su esposo en el salón principal. Cuando vio que Vasili y Alekséi no atinaban a bajar, paralizados por la sorpresa, les metió prisa y atusó los cabellos del pequeño Alek con un toque de saliva. Le faltó poco para empujarlos escaleras abajo.

El salón principal era una estancia alargada con las paredes forradas de madera de abedul y una chimenea situada al fondo de la habitación. Vasili y el niño se adentraron en el salón como si fuesen dos forasteros aventurándose en tierras ignotas. Echaron un vistazo hacia la zona donde se hallaba la chimenea, pero no había nadie allí. Vasili sintió un carraspeo áspero a su espalda y, al girarse, se encontró frente a la imponente presencia de Vania y su esposo. Ambos parecían venir del otro extremo del mundo, de un lugar elegante y sofisticado; y, aunque habían atravesado media Europa, su peregrinaje no se traslucía en su aspecto, tan pulcro como si acabasen de salir de casa. Vania, que lucía un abrigo azul entallado en la cintura y un gorrito de idéntico color coronado por un ramillete de plumas de pavo real, se acercó a Alekséi y, sujetándole el rostro, le levantó la cara. Durante unos instantes, lo observó con intensidad; después se agachó y, cobijándolo entre sus brazos, le susurró al oído:

—¡Cómo te pareces a Irina, *mon chéri*! —Y le apretó el abrazo deseando transmitirle toda su emoción. Alekséi recordaría para siempre aquel instante. Recordaría lo bien que olía la tía Vania cuando lo abrazó y que su voz sonaba como el terciopelo: suave pero resistente a todos los envites de la vida. Cuando Vania lo soltó, su esposo se acercó a ella y extendió una enorme mano hacia Alekséi. El niño la miró y le brindó la suya con cierto reparo.

—Mi marido se llama Francisco Montes, pero tú puedes llamarlo Paco. Apenas entiende nuestro idioma, aunque habla francés mucho mejor que yo. Tendrás que aprender a hablar francés, Alekséi, y quizás español también. Nos espera un largo viaje por delante, así que encontraremos tiempo para practicar. ¡No te asustes, *mon chéri*! —le dijo al ver que el niño buscaba la mirada de Vasili—. Tu vida en París será maravillosa; jamás te faltará de nada. Es lo menos que puedo hacer por Irina, mi amada hermana. ¡Si hasta tendrás un hermano mayor con el que compartir tus juegos!

La tía Vania conversó con ellos durante horas. Les contó cómo conoció a Paco en el restaurante que este regentaba en las proximidades de la Ópera de París, les habló de su exigente trabajo de modista elaborando el vestuario de cada temporada y tuvo tiempo para recordar su infancia en la aldea: los hoyuelos de Irina cuando sonreía; las rodillas repletas de cardenales; las noches compartidas, abrazadas en la misma cama para ahuyentar el frío.

—En París nunca hace frío —afirmó agarrando de nuevo la mano de Alekséi y, quizás porque en aquel momento sintió que una llama caldeaba su corazón, el pequeño la creyó.

Los cuatro disfrutaron de una semana juntos para que el pequeño Alekséi se acostumbrase a la presencia de sus tíos, pero llegó la hora de abandonar Moscú y, tras despedirse de un abatido Vasili en el andén de la estación, Alek se sentó al lado de Vania en el compartimento del tren. Su tía lo arropó con una manta y Paco, para infundirle valor, le dedicó una sonrisa escondida bajo aquel mostacho enorme que le otorgaba la apariencia de un cosaco. En aquel instante —al dejar atrás todo lo que conocía para adentrarse en una aventura que habría de llevarlo al otro extremo de Europa—, tuvo una sensación que volvería a tener en otros momentos de su vida: la de que todo lo ocurrido hasta entonces —la pérdida de su madre al nacer, la muerte de su padre en tan fatídicas circunstancias y la ausencia de otros parientes que no fuesen la lejana tía Vania— era cosa del destino y tenía un propósito más elevado que algún día llegaría a conocer.

19

Thea

*E*l tiempo compartido con Thea fue lo más auténtico de todo lo que vivió en aquel París convulso. Quizás lo único real, si se paraba a pensarlo detenidamente. Pese a su reticencia inicial, la acogió en su elegante mansión del Bois de Boulogne y la alojó en una de las habitaciones de invitados que solían permanecer vacías. Antes de llevarla a casa, habían mantenido una larga conversación en la que Thea le explicó con todo lujo de detalles las rocambolescas circunstancias que la habían conducido hasta París y que, vistas con perspectiva, conformaban los mimbres con los que urdir un mal sueño, una pesadilla.

El padre de Thea, Leopold Reinder, había sido un prestigioso médico de La Haya. Cuando Leopold era joven y estudiaba medicina en la universidad, había trabado amistad con un estudiante español, Manuel Prendes-Lorenzo, que habría de convertirse en el digestólogo más afamado de su país. Con el fin de perfeccionar su formación, Prendes había vivido algunos años en La Haya y, durante ese periodo, residió con la familia Reinder, que lo acogió como a un hijo. Años más tarde, tras el fallecimiento de la mujer de Leopold, Manuel regresó para acompañar a su querido amigo en el duelo más devastador que habría de sufrir. Prendes-Lorenzo ejerció de hermano, de tío y de todo lo que necesitaron aquellos dos seres desolados por la pérdida de la que había sido su esposa y madre. Y Leopold, acuciado por un miedo que se había entremezclado con su propia sangre, le rogó a su amigo que, si alguna vez le sucedía algo, velase por el bienestar de su querida hija.

Después de aquel terrible suceso —que los unió mucho más que su estancia en la universidad—, transcurrieron muchos años y los dos amigos se volcaron en sus respectivas carreras profesionales, relegando a un segundo plano lo relativo a su vida personal. La pequeña Thea creció bajo los auspicios de la mejor servidumbre que Reinder podía pagar: la mejor institutriz, los mejores profesores, la mejor ama de llaves…, todo era poco con tal de no tener que separarse de su hija. Se profesaban un amor y una devoción sinceras y, soslayando la dolorosa ausencia, fueron tan felices como la vida les permitió. Pero cuando Thea estaba a punto de alcanzar la mayoría de edad, su padre falleció a causa de una enfermedad tan repentina como devastadora, y el escueto mundo que Thea conocía se desvaneció con él. Por culpa de unas enrevesadas cuestiones legales, relativas a su minoría de edad, Thea no pudo acceder a la herencia. Había un sustancioso fideicomiso aguardando por ella, pero de nada le sirvió para conservar la servidumbre, que acabó por abandonar la casa dejándola completamente sola. Como carecía de más parientes y apenas veía opciones, pensó en escribirle al tío Manuel para informarle de su situación, pero le entró el miedo. ¿Y si Manuel le daba la espalda como el resto de las personas que llegó a considerar su familia? No podía aventurar la solución de sus problemas a una sola carta y durante días meditó y meditó hasta que tomó una decisión que, por osada, consiguió que le temblasen las rodillas. Al día siguiente, con todo el dolor del corazón, empeñó las joyas de su madre y con el dinero que reunió comenzó los preparativos para viajar hasta Gijón.

—¿Gijón? —le preguntó Margot. Era un lugar del que jamás había oído hablar.

—Sí, Gijón. Es una pequeña ciudad del norte de España; el lugar donde vive Manuel —le explicó Thea un tanto avergonzada—. Lo sé, parece una locura dejar La Haya para viajar a una ciudad que ni siquiera conozco en busca de una persona de la que no tengo noticias desde hace años. ¡Es una locura! —afirmó removiéndose el cabello—. No sé en qué estaba pensando...

—Al menos, España no está en guerra. Quizás es lo más sensato que podías hacer, querida —respondió Margot pensando que su mayor error había sido resignarse a dejar España siguiendo las órdenes de los alemanes—. Si te sirve de consuelo, yo también abandoné Holanda para irme al otro extremo del mundo.

—Pero ahora lo he perdido todo, Margot: me han robado el dinero, la documentación; tan solo conservo esta pequeña maleta con mi equipaje. No podré atravesar la frontera sin papeles, no me dejarán; es más, ni siquiera podré llegar a ella.

—Por eso acudiste a la embajada... —afirmó Margot atando cabos—. Buscabas la ayuda del embajador. —Luego recordó las lágrimas de Thea y sintió que le hervía la sangre en las entrañas.

—Mi padre siempre decía que el tío Manuel era el mejor hombre que había conocido —dijo sonriendo por primera vez—. Todavía me acuerdo de cuando jugaba al ajedrez conmigo. Tenía una paciencia infinita.

A Margot le pareció que Thea encontraba algo de paz en sus recuerdos. Tal vez no había errado al tomar una decisión tan aventurada. La vida le había enseñado que,

79

cuando quien manda es el corazón, las resoluciones más absurdas pueden ser las acertadas. Mientras la oía hablar, se percató de que se sentía extrañamente vinculada a aquella chiquilla abandonada por la vida, tal como le había sucedido a ella en el pasado. Sabía que esa era su debilidad, su talón de Aquiles, y que jamás podría darle la espalda a Thea: mirarla a ella era como mirarse en un espejo.

20

Celebración en el Malet

*E*l Gran Hotel Malet ocupaba un solar inmenso en la calle Corrida, no muy lejos de la pensión donde Alexandre se alojaba. Se trataba de un edificio imponente de aire señorial construido por el arquitecto Manuel del Busto, creador de algunos de los edificios más emblemáticos de la ciudad. La fiesta por el cumpleaños del industrial Víctor Cienfuegos iba a tener lugar en uno de los salones del hotel —el más majestuoso al decir de Ferdinand— para facilitar la proximidad de los invitados, algunos de los cuales se habían desplazado desde otras ciudades para acudir a la celebración. Rumoreaban las malas lenguas que esa era la excusa que había elegido la esposa del industrial para impedir que un centenar de desconocidos le pisoteasen las carísimas alfombras persas de su mansión solariega. En cualquier caso, los invitados lo habían aceptado de mil amores a sabiendas de que el Malet había alojado a personajes de la categoría de la infanta Isabel. Además, el delicioso *chantilly* de Juana Malet era el manjar más codiciado de toda la ciudad, y aquel el lugar indicado para degustarlo.

Un par de días antes de la celebración, Ferdinand se había acercado hasta La Favorita para entregarle la invitación y, tras ponerlo en antecedentes de quién era el anfitrión, así como lo más granado de la sociedad gijonesa, acordaron fingir que no se conocían. Ferdinand sospechaba que entre la larga lista de invitados podría colarse algún agente alemán, y tampoco sería de extrañar; al fin y al cabo, ellos también acudirían a la fiesta. Alex sabía que cada día transcurrido sin conseguir avances conllevaba un coste inasumible. A veces le resultaba duro soportar la presión inherente a la misión y se preguntaba si Ladoux se habría equivocado al elegirlo a él en lugar de a alguien más experimentado. Pero estaba obligado a desechar las dudas, los pensamientos negativos que tan solo lograrían entorpecer su trabajo. Se lo debía a los hombres que luchaban en el frente arriesgando sus vidas cada día, se lo debía a Jean-Paul, que siempre estaba presente en su cabeza.

Entregó la invitación a un criado ataviado con una elegante librea bermellón y se adentró en los salones del hotel con la intención de localizar a su objetivo. En los instantes previos a la cena, los invitados departían en pequeños grupos mientras bebían el mejor champán que Cienfuegos había podido conseguir en aquellos tiempos de carestía.

—O los malditos franceses logran ganar la guerra, o el champán dejará de ser francés —bromeó el industrial cuando Alexandre pasaba ante él—. Y qué queréis que os diga, amigos: champán alemán…, no me parece que vaya a ser lo mismo.

—Con los alemanes perderá hasta las burbujas, ¡con lo serios que son! —añadió una mujer ataviada con un escote vertiginoso. Todos le rieron la ocurrencia.

Alex se alejó de ellos sin saber disimular su malestar. La guerra pierde gracia cuando los que mueren son los tuyos, pero los españoles —como les había sucedido antes a otros— veían el conflicto como una oportunidad de hacerse ricos; algo de una naturaleza tan frívola como los negocios.

Al fondo del salón, cerca de los ventanales que daban acceso a la terraza, creyó divisar la figura del doctor Prendes-Lorenzo. Ferdinand le había mostrado algunas fotografías del médico, un habitual de la prensa de la ciudad, pero le había insistido en que el rasgo más característico de su aspecto, lo que le distinguiría del resto de invitados, era su altura, muy superior a la media de los españoles. Y no se equivocaba: entre aquel enjambre de cabezas destacaba la singular melena leonada del doctor. Gracias a Ferdinand también sabía que una de las pasiones de Manuel Prendes-Lorenzo eran los caballos y la equitación, querencia que ambos compartían para fortuna de Alexandre. Desplazándose entre los grupos de personas absortas en sus charlas triviales, se acercó hasta el doctor y, colocándose a su espalda, trató de captar retazos de la conversación con la intención de incorporarse a ella en cuanto tuviese la menor oportunidad.

—El profesor de equitación de mi nieta dice que tiene una habilidad innata para el salto de obstáculos. Ahora nos hemos encaprichado de un alazán francés que viene muy bien recomendado. Si nos ponemos de acuerdo con el precio, nos lo traerán desde San Sebastián. Sus propietarios son franceses y no quieren que acabe convertido en un caballo de carga o algo mucho peor…

—¡Quita, quita, Antonio, déjate de tonterías! Donde esté un pura sangre español, que se quiten los caballos franceses —rebatió un tipo con voz de barítono.

—Querido Germán, no sabía que fueras experto en el tema —respondió Prendes con cierta ironía en sus palabras.

—Ni falta que hace, amigo mío. ¡Lo español siempre es lo mejor!

83

—¿Quién se atrevería a dudarlo? Pero tu argumento nos deja poco margen para la discusión, ¿no crees? —añadió el doctor. Sin llegar a conocerlo, a Alex le pareció que Prendes estaba un tanto molesto con el cariz que tomaba la conversación, así que decidió que no tendría mejor ocasión para intervenir en ella.

—Disculpen la impertinencia, caballeros. No he podido evitar oír sus palabras y me siento obligado a decir que, según mi opinión, el mejor caballo para el salto de obstáculos es el *selle français;* sin pretender restar méritos a los caballos españoles, por supuesto —añadió haciendo una reverencia dirigida al amigo del doctor.

—¿Lo ves, Germán? Estas son las palabras de alguien que de verdad entiende de caballos. ¿Puedo preguntarle cuál es su nombre, caballero?

—Por supuesto que sí, encantado. Me llamo Alexandre Bogdánov.

—¿Bogdánov? —le preguntó Prendes antes de darle tiempo a añadir nada más—. ¡Qué original! No estamos acostumbrados a apellidos tan exóticos por estos lares. No querría resultar impertinente, pero ¿de dónde viene usted, señor Bogdánov?

—Soy francés, aunque no lo parezca. Vengo de París —respondió Alex mostrando la mejor de sus sonrisas.

—¿Francés? —cuestionó Prendes arrugando el ceño—. Tampoco me suena que su apellido sea muy francés.

—Soy francés, caballero, aunque ruso de nacimiento. Nací en la estepa siberiana.

—Nació en Siberia y habla un castellano excelente —afirmó Prendes afilando la mirada—. Se está revelando como una persona muy interesante, señor Bogdánov.

Alex sonrió complacido. Si había conseguido captar la atención de Prendes con las idiosincrasias de su vida, debía aprovechar la oportunidad que se le brindaba.

—Caballero, le contaré muy gustosamente todo lo que quiera saber de mí, pero, de momento, me parece que estoy en franca desventaja. Me gustaría saber a quién me dirijo.

—Claro que sí. Disculpe mis modales —respondió el doctor con afabilidad—. Soy Manuel Prendes-Lorenzo —añadió tendiéndole una mano que Alex estrechó con decisión.

—Encantado, señor Prendes. Veo que compartimos pasión por los caballos… —Y con esas palabras se enzarzaron en una conversación que se prolongó hasta que los invitados fueron reclamados para la cena. Durante todo ese tiempo, Alexandre no llegó a ver a Thea Reinder en ningún momento y se preguntó si no habría podido acudir a la fiesta.

—Me gustaría seguir hablando con usted, Bogdánov, pero me comprometí a cenar con mi sobrina y algunos viejos amigos. Tal vez pueda presentársela después, durante el baile. Le complacerá conocerla: es una mujer fantástica, admirable.

—Estaré encantado de conocerla —admitió Alex tratando de disimular su satisfacción. El doctor Prendes hizo una enérgica cabezada de reconocimiento y se retiró en dirección al salón donde iban a servir la cena.

El banquete ofrecido por Cienfuegos, un auténtico derroche de manjares carísimos y a cual más delicioso, pareció transcurrir con una lentitud exasperante. Habían sentado a Alex junto a una mujer voluptuosa que le lanzaba miradas ardientes, aunque no se atrevió a dirigirle la palabra en toda la cena. Al otro lado tenía a un anciano encogido, arrugado como una pasa, que hablaba un lenguaje incomprensible mientras le apretaba el brazo sin descanso para reclamar su atención. Cuando acabaron de cenar, tenía el brazo dolorido y se alejó del anciano como el que huye del fuego. Mientras avanzaba entre la gente, se escucharon los primeros acordes de la orquesta y Alexandre aceleró el paso en dirección al salón de baile. Al final del pasillo de paredes y techos acristalados que filtraban la seductora luz de la luna llena se encontraría con Thea Reinder y con el destino que le aguardaba.

21

¡Al fin, un hogar!

Después de atravesar media Europa en un viaje que resultó tan eterno como agotador, aunque sin incidentes reseñables, llegaron a París al atardecer de un soleado día de agosto. Cuando se apearon del tren en la estación de París Saint-Lazare, Alekséi tenía la reconfortante sensación de que conocía a sus tíos desde hacía mucho tiempo. La tía Vania había aprovechado el largo viaje para enseñarle todo el francés que pudo; señalaba lo que veía ante sí, y pronunciaba palabras tan suaves y aterciopeladas que Alekséi ya no podía olvidarlas. Incluso había aprendido algunas de las simpáticas expresiones del tío Paco. Su español no sonaba tan bien como el francés, pero Paco tenía un carácter extrovertido y bullicioso que conseguía que todo el mundo reparase en él. Alekséi no iba a ser una excepción.

Abandonaron la estación dejando a un mozo a cargo del equipaje y caminaron a través de elegantes bulevares, parques y jardines hasta llegar al edificio donde vivían los Montes-Petrova. En la planta baja se ubicaba el restaurante del tío Paco, un local elegante y acogedor con grandes ventanales a la calle; en la segunda planta se encontraban los salones privados del restaurante; y en la tercera tenían su hogar los Montes-Petrova, una combinación exótica incluso para aquel París tan cosmopolita. El restaurante se llamaba Le Vieux Andalou[6] en homenaje al abuelo del tío Paco, la persona que le había enseñado a cocinar en su pequeña tasca malagueña. Paco había abandonado Málaga mucho tiempo atrás, pero su abuelo y su cocina formaban parte de sus raíces y eso no iba a olvidarlo nunca.

El restaurante estaba inmerso en el servicio de cenas y Paco, que amaba su negocio y lo había extrañado horrores durante su prolongada ausencia, se adentró en las cocinas tras detenerse a saludar a los clientes habituales. Vania le tendió la mano al pequeño Alekséi y le indicó unas escaleras de servicio que conducían hasta su casa. Subieron las empinadas escaleras en silencio y se detuvieron frente a una puerta pintada de blanco. Al otro lado aguardaban unas estancias amplias, decoradas con un gusto ecléctico que evidenciaba las singularidades de Vania y Paco. No dejaba de resultar curioso que aquella mezcolanza de culturas consiguiera otorgarle a su hogar un aire tan acogedor. A Alekséi le gustó en cuanto atravesó la puerta y, cuando la tía Vania le enseñó la que iba a ser su habitación —donde habían colocado un caballito de madera que parecía estar aguardando su llegada—, supo con total certeza que allí estaría bien. ¡Al fin había llegado a casa!

La tía Vania se adentró en el cuarto y acarició las crines del caballito. Se quedó pensativa mientras lo balanceaba levemente, y fijaba su atención más allá del ventanal de la habitación. París se apagaba y a través de la ventana se colaba una luz mortecina amiga de confidencias. Vania se frotó los ojos y, durante un instante, Alekséi se preguntó si había llorado o tan solo estaba agotada por aquel viaje interminable.

—Tu madre era una niña preciosa, Alek. Siempre reía, siempre. Aunque a veces habría sido mejor llorar, ella reía.

6. El viejo andaluz.

Me habría gustado que llegase a ver algo de mundo, que hubiese podido disfrutar de las comodidades que tenemos aquí. No pudo ser. No podemos elegir la vida de los demás, Alek, ni siquiera de los que amamos. Es duro saberlo, pero hay que resignarse. —Su voz estaba cargada de nostalgia, de dulce tristeza, y de pronto pareció darse cuenta de ello—. ¡Qué tonta soy…! ¡Qué sentimental! No me hagas caso, pequeño. Serás muy feliz aquí, ya lo verás. Seremos felices juntos, te lo prometo. Mañana por la mañana iremos a buscar a Jean-Paul. Tu primo está deseando conocerte. Este caballo fue suyo, ¿sabes? Él quiso que lo pusiéramos aquí, quería compartirlo contigo —afirmó con una sonrisa que le iluminó los ojos, brillantes tras el cúmulo de emociones.

Alekséi se acercó al caballo de madera. Tenía los ojos negros, oscuros como la noche, y un asiento mullido de piel marrón. Era un juguete precioso, y le resultó tan impresionante como un caballo de verdad. Siempre le habían gustado los caballos.

—¿Puedo subirme en él? —preguntó a su tía.

—Claro que sí, pequeño —respondió Vania acariciándole el cabello.

Alek sonrió y, agarrándose a las falsas crines, se subió a lomos del caballo. Desde allí se sintió poderoso, algo así como un conquistador capaz de vencer todos los obstáculos que la vida le pusiera enfrente. Se impulsó para balancearse, adelante y atrás, adelante y atrás, y sintió que su corazón se encogía de emoción. En aquel preciso instante supo con certeza que, para ser feliz, parte del secreto consistía en disfrutar del camino.

22

El Deuxième Bureau

Una vertiginosa escalinata de piedra gris daba acceso a las oficinas del Deuxième Bureau y cada uno de sus peldaños resonaba con fuerza bajo los tacones de Margot. Cuando hubo recorrido la mitad de las escaleras, se detuvo y se levantó el tul negro del sombrero que le ocultaba el rostro. Miró a su alrededor y, de pronto, fue consciente de que cada paso que daba la acercaba a un peligro que no podría controlar. Durante un instante pensó en volver atrás, deshacer el camino, escapar de allí, pero temía que su huida confirmase las sospechas de los servicios de espionaje francés y que no le permitieran cruzar la frontera en busca de algún lugar seguro, si es que existía ese lugar. Estar segura, esa idea, esa aspiración casi fútil, había sido el motor de todas sus decisiones y, paradójicamente, la había conducido hasta allí: el lugar más peligroso que habría podido elegir. El miedo era una sensación poderosa, capaz de adueñarse de todo, pero nunca había sido su amigo. Lo cierto es que detestaba sentir miedo: era como vestirse con una ropa que no era la suya, que la apretaba, la oprimía y le impedía respirar. Cerró los ojos, inspiró hondo y asumió que debía seguir adelante. No tenía otra opción.

Atravesó las puertas del Deuxième aparentando un

falso aplomo. Al otro lado la aguardaban unas estancias similares a las de cualquier otro departamento administrativo: un mostrador y varias mesas distribuidas en una amplia estancia sin más adornos que un enorme cuadro del presidente de la República. Margot se acercó al hombre que estampaba sellos al otro lado del mostrador. La última estampación se había quedado suspendida en el aire mientras el hombre la observaba boquiabierto.

—Soy madame Zelle. Tengo una cita con monsieur Ladoux.

—Capitán Ladoux —dijo el funcionario arrugando el ceño. Después, abandonó el mostrador con torpeza y, tras mirarla de arriba a abajo, pareció aprobar el recatado atuendo que había elegido para visitar al jefe del contraespionaje francés: negro, como una viuda de guerra—. Sígame, madame.

Margot siguió sus pasos mientras sonreía al resto de 91 *los funcionarios del Bureau —no había que desestimar la utilidad de un buen amigo si la situación se complicaba: una advertencia a tiempo podría salvarle la vida—. El funcionario le hizo un gesto para que esperase y, después de intercambiar unas palabras con su jefe, le abrió la puerta. Tras hacerse a un lado, la invitó a pasar.*

—Madame Zelle. —Ladoux se levantó para recibirla, pero ni le estrechó la mano ni la besó. El capitán tenía fama de ser un tipo tan astuto como retorcido, y Margot percibía que, a pesar de haber mostrado un evidente interés en ella, en el fondo no le gustaba nada—. Gracias por aceptar mi invitación. Siéntese, por favor.

—Es un placer, capitán Ladoux —respondió sentándose en la silla que le ofrecía.

—Creo que debo felicitarla por su éxito en el Moulin. No suelo acudir a ese tipo de espectáculos, y menos en tiempos de guerra, pero me han informado de que los

parisinos no comparten mi opinión. —Las palabras de Ladoux evidenciaban un desprecio que no pretendía disimular. Margot sonrió. Se había acostumbrado a sonreír cuando la atacaban con guante de seda. Aquella sonrisa acorazada había acabado por ser su mejor defensa.

—*Es muy amable por su parte, capitán. Supongo que, puesto que no forma parte de mis admiradores, habrá otras razones que expliquen mi presencia aquí.*

Ladoux la observó con detenimiento y se apoyó en el respaldo de su silla. Era un tipo corpulento, no demasiado alto, con un bigote tan negro como tupido. En conjunto, tenía la apariencia de un aldeano al que le hubiesen puesto el uniforme militar en contra de su voluntad. No encajaba con nada de lo que creía saber de él, pero confiar en las apariencias era una apuesta muy arriesgada.

—*¿Recuerda cuando nos conocimos en el hospital de campaña de Vittel? Creo que fue a visitar a un buen amigo suyo…*

—*Maslov* —respondió sintiendo una punzada en el corazón. Vadim Maslov había sido una decepción enorme. Lo había arriesgado todo por acudir a su lado cuando estaba herido; había puesto en peligro su propia vida, pero el amor no entiende de gratitud. No; se equivocaba al afirmar algo así. Era Maslov quien no sabía de gratitud—. *Recuerdo perfectamente aquel encuentro, capitán.*

—*Bien. Entonces también recordará la propuesta que le hice allí.*

—*La recuerdo* —respondió Margot evitando comprometerse más.

—*De acuerdo, madame. Estoy seguro de que sabrá que cada día mueren cientos de soldados en el frente. Necesitamos toda la ayuda posible para anticipar el final de esta guerra y para decantar su desenlace hacia el bando correcto: el nuestro.*

—Lo entiendo, capitán, pero creo que sobrestima mis capacidades. Tan solo soy una artista de cabaret, una bailarina del Moulin Rouge. No sé nada sobre la guerra y sus intrigas.

—No nos mintamos, madame Zelle, y será mucho mejor para todos —respondió Ladoux. Su gesto serio se tornó más amenazante—. Se hace llamar Mata Hari, ¿verdad? Me han dicho que significa «ojo del sol» en javanés. Bien, pues nada ocurre bajo el sol que su ojo no vea. Usted tiene la libertad de viajar por toda Europa, tiene la oportunidad de conocer a hombres poderosos y, si me permite la indiscreción, tiene la capacidad de arrancarles sus secretos. Siendo así, entenderá que no podemos dejarla escapar.

Aquella proposición tenía los mimbres de una amenaza y Ladoux no se escondía: había querido plantearlo así. Pretendía atraparla en una ratonera para después jugar con ella ofreciéndole una salida.

—Entendemos los riesgos que conlleva nuestra propuesta, y la necesidad de hacerla atractiva para alguien que, al fin y al cabo, no ama este país. —Margot quiso desmentir esa afirmación, pero Ladoux hizo un gesto que la detuvo—. No me interrumpa, madame Zelle, pronto acabaré. Pagaremos por su colaboración y podrá ponerle el precio que desee a sus servicios.

Margot le miró a los ojos: dos pozos negros, oscuros como el fango que sepultaba a los soldados de ambos bandos. Aquella guerra había sido un negocio fructífero para ella, le había permitido pagar sus deudas y disfrutar de los lujos que siempre había ansiado. Pero vivir a costa del dolor de otros, aunque no fuera la causante, había de tener un precio enorme. Margot se preguntó si había empezado a pagarlo. No le gustaba Ladoux, pero había tendido una telaraña en torno a ella y ahora no podría escapar indemne de allí. El dinero compraba voluntades, deshacía im-

93

posibles y, si no podía pagar su libertad, al menos podría ayudar a Thea a llegar hasta Gijón. Se decidió.

—Treinta mil francos —respondió Margot sin apartar la mirada de Ladoux.

—Treinta mil francos —repitió Ladoux sin inmutarse—. Está bien, madame Zelle, ha puesto su precio. Espero que, por el bien de todos, sus servicios valgan cada uno de esos francos.

23

Cenicienta

$\mathcal{L}$a orquesta del Malet afrontaba con garbo su segundo vals cuando Alexandre atravesó las puertas del salón de baile. Se detuvo a la entrada y, sacando provecho de su estatura, buscó al doctor Prendes y a su sobrina entre los invitados. Los encontró al fondo de la habitación, entretenidos en una conversación con un grupo de amigos. Atravesó el salón sorteando las parejas de baile y sus vertiginosos giros y, cuando estaba a punto de tropezarse con Thea, se preguntó si Prendes lo recibiría con la misma afabilidad que le había mostrado antes. Pero aquel no era el momento adecuado para las dudas. Se acercó al doctor y se esforzó en captar su atención. Prendes pareció alegrarse de verlo y lo saludó con efusividad. Después, el doctor insistió en presentarle a sus amigos y, cuando por fin logró librarse de ellos, se encontró frente a Thea. Ella había clavado su mirada en él y lo observaba con el ceño fruncido, como tratando de recordar dónde lo había visto antes. El doctor la agarró del brazo y, después de intercambiar unas palabras, se acercaron a Alexandre.

—Querido Bogdánov, le presento a mi sobrina. Ella es Thea, Thea Reinder.

Alex sonrió y besó la mano que Thea le tendía y que

enseguida retiró con premura. Su mirada estaba repleta de desconfianza, y Alexandre sintió que bajo aquella mirada escrutadora se le congelaban las entrañas.

—Es un placer conocerla, señorita. Su tío habla maravillas de usted —se atrevió a decir a pesar de su evidente hostilidad.

—¿Ves lo que te había comentado, Thea? El caballero habla un español magnífico, aunque es francés y su familia proviene de Rusia. No me digas que no sientes curiosidad… Su historia debe de ser tan apasionante como la tuya.

Thea asintió y sonrió a su tío, pese a que no parecía muy dispuesta a indagar en la historia personal de Alex.

—Estoy segura de que el caballero tendrá mejores cosas que hacer que perder el tiempo contándonos su vida. Al fin y al cabo, estamos en un baile, ¿no? —dijo haciendo un gesto hacia las parejas que bailaban en el centro del salón.

—¡Por supuesto, querida! ¡Será tonto este viejo! Se me olvida que los jóvenes prefieren divertirse antes que hablar. Seguro que Bogdánov estará encantado de bailar contigo.

Thea se giró hacia su tío visiblemente sorprendida. No había imaginado que su mención del baile la colocaría en una situación que trataba de evitar a toda costa: la intimidad con aquel desconocido francés que había irrumpido en su vida de un modo tan sospechoso. Margot la había prevenido y las palabras de su amiga resonaban en su cabeza: «No debes confiar en nadie, y mucho menos en franceses o alemanes que, si descubren lo que escondes, serán capaces de cualquier cosa por acercarse a ti». Su mirada se oscureció, se tornó más negra. Extendió una mano y se tocó la frente, después arrugó el rostro fingiendo un dolor que no sentía.

—Lo lamento mucho, tío, pero la migraña vuelve a importunarme. Me parece que tendré que abandonar la fiesta antes de que empeore. Lo siento, señor…, pero ese baile tendrá que esperar.

—Bogdánov —respondió Alex en su empeño por que Thea no le olvidase.

—Yo también lo siento, Bogdánov. Espero que volvamos a encontrarnos en otra ocasión —afirmó Prendes confundido. Luego le estrechó la mano, cogió a Thea del brazo y, cruzando el salón de baile, salieron del hotel. Alexandre los vio alejarse embargado por una impotencia que lo amarró al suelo. No debía permitir que su acercamiento a Thea fracasase por segunda vez. En un impulso que no tenía nada de racional decidió seguirlos. Quizás tan solo consiguiese empeorar la situación, pero no podía dejarlo correr.

Se apresuró, avanzando entre los invitados, y abandonó el Malet por la puerta principal. Apenas había gente paseando por la calle en aquella noche invernal, así que no tuvo ningún problema para encontrarlos. El doctor Prendes y Thea caminaban tomados del brazo cuando se detuvieron de repente. Thea se agachó y, durante un momento, luchó por liberar su pie hasta que Alex se percató de que uno de sus botines se había atascado entre los adoquines de la plaza. Por la izquierda se acercaba un tranvía que atravesaba la calle a toda velocidad. En apenas un segundo fue consciente del peligro que corría la mujer, indispensable para el desenlace de su misión. Atravesó raudo la distancia que los separaba y, sujetando con decisión el pie de Thea, soltó la hebilla del botín para liberarlo. Thea se volvió hacia él con la intención de reprocharle su conducta, a todas luces inapropiada, cuando Alex la apartó de un empujón que la tiró al suelo. Pocos segundos después, el tranvía cruzó ante ellos arrasando a su paso con el botín de Thea que quedó en la calle hecho pedazos. Los tres se quedaron paralizados observando los restos del calzado sobre los raíles, mientras el tranvía se alejaba ajeno a la tragedia que podría haber causado.

—Le has salvado la vida —afirmó Prendes con la voz empañada de emoción. Thea, que aún permanecía en el suelo aturdida, levantó su rostro hacia él y, de pronto, viendo la conmoción que embargaba al doctor, tomó conciencia del peligro que había corrido. Aceptando la ayuda que Alex le ofrecía, se levantó y apoyó su pie descalzo sobre los gélidos adoquines de la calle Corrida. Un escalofrío le atravesó el cuerpo y Prendes la abrazó solícito.

—Gracias —le dijo, y en su voz, por primera vez desde que la había conocido, no encontró otros matices: era un agradecimiento sincero. Alex sonrió y sacudió la cabeza azorado como un colegial.

—No bastará con un simple gracias para semejante hazaña —añadió el doctor—. Debe prometernos que cenará con nosotros mañana mismo. Estoy deseando mostrarle mi gratitud por haber salvado a mi querida Thea.

—Será todo un placer —afirmó Alex antes de despedirse de ellos. Después de todo, a causa de aquel absurdo remedo de cuento de hadas, que incluía la pérdida de un zapato a medianoche, había conseguido colarse en la vida de su objetivo.

24

La Ópera Garnier

Vivir en París supuso para Alekséi un derroche de vida plena. Con el paso del tiempo, la aldea siberiana que lo vio nacer se convirtió en un vago recuerdo de un mundo pequeño que permanecía tan alejado de él como la distancia física que los separaba. Aunque el mérito no era exclusivo de aquella maravillosa ciudad, por fascinante que fuera: los Montes-Petrova cumplieron con su palabra acogiéndolo como a uno más de la familia, y el pequeño Alek comenzó a vivir con ellos una vida abismalmente distinta a todo lo que había conocido antes.

La tía Vania, además de ayudar al tío Paco con los asuntos del restaurante, trabajaba en el ropero de la Ópera Garnier. Su gran pasión siempre había sido la costura. Cuando llegó a París, años atrás, tan solo tenía la dirección de una vieja amiga que le había escrito para contarle las muchas oportunidades que ofrecía la ciudad. La Ópera, inmersa cada temporada en el montaje de grandes espectáculos, necesitaba de costureras dispuestas a darlo todo por su trabajo, y Vania lo estaba. ¡Vaya que si lo estaba! Trabajaba jornadas interminables, asistía a las funciones por si era necesario hacer algún retoque, apenas dormía, y su vida transcurría entre mujeres armadas con agujas y tijeras. Jamás pensó que podía ser tan feliz, jamás pensó que podía sentirse tan orgullosa de lo que hacía. Con el tiempo, consiguió labrarse una reputación que trascendió más allá del mundillo operístico. Le llovieron ofertas para vestir a las mujeres más elegantes de París, para montar su propio *atelier* de costura, pero Vania sabía que su lugar estaba en la Ópera, bajo las relucientes luces de las lámparas de araña, tras los escenarios umbríos, entre las aglomeraciones del coro, con la excitación calentando sus venas como ríos de lava púrpura. Y allí seguía años después, sin que jamás hubiese llegado a arrepentirse de su elección.

Alek recordaba la primera vez que la tía Vania lo llevó al trabajo. No era una práctica inusual entre las modistillas de la Ópera, quienes, en algunas ocasiones, se veían obligadas a traer a sus hijos si no tenían con quien dejarlos. Vania, que por aquel entonces era la jefa de costureras, quería que sus compañeras lo conociesen, quería presumir del hijo de su adorada hermana Irina. Una mañana —días después de su llegada a París— atravesaron el bulevar cogidos de la mano y se detuvieron ante el imponente edificio de la Ópera de París.

—Aquí es donde trabajo —dijo Vania con un punto de orgullo en la voz. Alek alzó su rostro y, al contemplar el inmueble, imaginó que su querida tía estaba al servicio de algún rey: el lugar parecía un palacio coronado por estatuas doradas, relumbrantes bajo el empecinado sol de septiembre. Vania sonrió al observar la admiración de Alek. El Palacio Garnier seguía produciendo el mismo efecto en ella, aunque al chico todavía le quedaba por conocer lo mejor del edificio: las maravillosas sorpresas que encerraba en su interior. Atravesaron los arcos que daban acceso al palacio y Vania le mostró la escalinata de mármol blanco que conducía hasta la planta superior.

—Si te portas bien, te llevaré a visitar el *grand foyer*[7] cuando terminemos en el ropero —le dijo; y lo condujo hasta las inmensas dependencias donde se guardaba el vestuario de las representaciones. Los roperos almacenaban centenares de trajes cubiertos de brocados, encajes y plumas de exótico colorido; un tesoro inigualable. La tía Vania le permitió que explorase con libertad aquel territorio ignoto con la única salvedad de que acudiese cuando ella lo reclamase. Dejar que se perdiera entre los vericuetos del tesoro fue el mejor regalo que pudo hacerle.

Las modistillas de la Ópera Garnier acogieron al pequeño Alek como una segunda familia. Escondido entre sus faldas, escuchó decenas de historias —algunas de ellas cotidianas, otras en verdad extraordinarias— que exaltaron su imaginación y le ayudaron a comprender mejor el país que lo había acogido. Tenían para él cuentos de nobles y princesas, desventuras de soldados y marineros, dramas de plebeyos osados y sin suerte. Con ellas aprendió que no solo importa la historia, sino el modo en que se contaba. Pasó mucho tiempo y tuvo que esforzarse para reunir el valor necesario, pero llegó el día en que Alekséi Bogdánov se sintió preparado para contarles a ellas la historia del cazador valiente que había muerto devorado por los osos.

7. Lujoso salón de la Ópera de París.

25

La caja de nácar

Antes de que muriese y los dejase huérfanos y abando-
nados a las indiferentes manos de su padre, su madre le ha-
bía dicho que, si en alguna ocasión sentía que tenía muchos
miedos, podía guardarlos arrinconados en una cajita, ence-
rrarlos allí y tirar la llave bien lejos para evitar la tentación
de abrirla como le sucedió a Pandora. Cuanto más pequeña
fuese la caja y más apretujados estuviesen sus temores, me-
jor; así acabarían por parecerle más insignificantes. Margot
solo había escuchado parte del consejo —como hizo con el
resto— y guardó una pequeña caja de nácar que perteneció
a su madre por si algún día la necesitaba para almacenar
sus miedos. La había conservado durante los años que vi-
vió en la isla de Java, la había guardado mientras vivió en
Berlín, la mantuvo a buen recaudo en España y, ahora que
vivía en Francia, permanecía en un cajón de su escritorio.
Durante todo ese tiempo, no había sido capaz de cumplir
con el resto del consejo de su madre: no pudo librarse de
sus temores y guardarlos en la cajita, que permanecía ab-
surdamente vacía; aunque quizás había llegado la hora de
ponerle remedio. Pensó, ansiosa como estaba, en plasmarlos
en papel y meterlos en la caja; puede que así lograse exor-
cizarlos. Pero a pesar de las buenas intenciones maternas,

sospechaba que sería un esfuerzo inútil: el único modo de vencer los miedos consistía en enfrentarse a ellos.

Días atrás había regresado de su último viaje a Colonia para reunirse con los alemanes. Los había entretenido con las escasas informaciones que había obtenido de los franceses: posibles objetivos militares y los nombres de algunos informantes de dudosa lealtad; aunque, al mismo tiempo, había sido consciente de que podía ser su nombre el que circulase por los mentideros. Se trataba de un juego peligroso que, en cualquier momento, la dejaría al descubierto. Se preguntó durante cuánto tiempo lograría mantenerlo. Aquel viaje le había recordado a los funambulistas que caminaban sobre una estrecha cuerda extendiendo sus brazos para mantener el equilibrio. Los más aplaudidos eran los que se aventuraban a hacer su número sin red, pero nadie se preguntaba si merecía la pena el riesgo. Tal vez había llegado el momento de colocar una red con la que proteger sus pasos.

Extendió la mano hacia el escritorio de palisandro, una lujosa pieza de ebanistería dotada de aquellos cajones secretos que tanto le gustaban. Si lo pensaba, aquel mueble era como un reflejo de ella misma. Rebuscó en el pequeño cajón y depositó la cajita de nácar encima del escritorio. Cogió una cuartilla de su elegante papel de escribir y mojó la pluma en una tinta tan negra como la noche. Al escribir el primer nombre, aún fresco en su memoria, sintió un escalofrío que le erizó la piel y, durante un instante, pensó que con aquella tinta oscura sellaba una sentencia de muerte para algún pobre desgraciado. Pese a ello, se repuso y continuó escribiendo la lista de nombres que algún día podría convertirse en su salvoconducto. La red que la protegería si finalmente caía.

103

26

Somió

*L*a casa solariega del doctor Prendes había pertenecido a su familia desde hacía décadas y podía percibirse en ella un cierto orgullo por ser el hogar de un linaje de prestigiosos médicos. La mansión, situada en la parroquia de Somió —un lugar boscoso donde los nuevos ricos habían edificado sus privilegiadas casas—, estaba construida en solemne piedra gris y rematada por unos originales gabletes decorados con frondas de estilo gótico. El caserón hubiera resultado tétrico de no ser por la hiedra carmesí que cubría gran parte de su fachada. Las plantas, que crecían audaces trepando por la piedra sumisa, concedían a aquellos muros una segunda piel llena de vida.

El coche atravesó un portón de madera encastrado en el muro de piedra y avanzó por un camino escoltado de árboles. Llovía con empeño y la espesa cortina de agua impedía apreciar la señorial fachada de la mansión. El vehículo se detuvo ante ella y Bogdánov corrió para resguardarse bajo el soportal. Se sacudió la lluvia antes de pulsar el timbre que resonó en el interior de la casa como un carillón jubiloso. Una criada vestida de negro y sin cofia abrió la puerta y le hizo un gesto para que entrase, y, acto seguido, se apresuró a cerrar la puerta dejando la lluvia olvidada en el exterior.

—Bienvenido, caballero. Los señores le aguardan en el salón. Si es tan amable de acompañarme —le dijo con unos modales tan secos como formales. Después le indicó un pasillo a la derecha del vestíbulo que conducía hasta una estancia amplia y acogedora. La sirvienta se asomó a la puerta y anunció su presencia sin llegar a pronunciar ningún nombre. Prendes abandonó un cómodo sillón colocado frente al fuego para darle una calurosa bienvenida.

—¡Querido Bogdánov! Ha sido un verdadero detalle cumplir con su promesa pese a este día tan espantoso. Venga, acérquese a la chimenea. ¿Se ha mojado con la lluvia? ¿Puedo ofrecerle una copa de vino? Tengo un burdeos excepcional, aunque quizás resulte algo pretencioso ofrecérselo a un francés.

—Un burdeos en un día lluvioso… ¡Qué más podría pedir! ¿No nos acompaña la señorita Thea?

—¡Claro que sí, amigo! Thea está entretenida con la cena. Le apasiona cocinar y nuestra cocinera se siente incapaz de expulsarla de sus dominios —bromeó el doctor—. Enseguida se reunirá con nosotros. Aún sigue nerviosa por lo que ocurrió ayer, así que será mejor que no lo mencionemos. Pero quiero aprovechar su ausencia para agradecérselo de nuevo.

—No tiene importancia, doctor. No me lo agradezca, cualquiera habría hecho lo mismo.

—Pero fue usted, Bogdánov. Fue usted quien la salvó —respondió Prendes palmeándole la espalda. Mientras el doctor le servía una generosa copa del oscuro burdeos, Thea apareció bajo el umbral del salón. Llevaba puesta una blusa blanca de encaje y una falda negra de raso con volantes en el bajo. Había recogido su cabello en un moño abultado que le otorgaba un aspecto serio aunque elegante. Sus enrojecidas mejillas evidenciaban la reciente proximidad a los fogones.

—Buenas noches, señor Bogdánov —dijo avanzando hacia su tío, al que besó en la mejilla.

—Llámeme Alex, por favor. Bogdánov resulta demasiado formal, ¿no cree?

—Y Alex demasiado familiar… Apenas le conocemos.

—De acuerdo. ¿Y qué le parece Alexandre? —preguntó reprimiendo una sonrisa.

—Alexandre Bogdánov. ¿Es ese su verdadero nombre? —La pregunta, tan inocua en apariencia, despertó las alertas de Alex. Había conseguido colarse en la vida de Thea, pero ganarse su confianza sería mucho más difícil. Decidió jugar con las cartas que podía mostrar en aquel momento.

—Es mi nombre ahora. El nombre con el que nací es Alekséi, Alekséi Bogdánov. Mis padres murieron cuando era niño y mi tía Vania me llevó a París con ella. Hace mucho tiempo que me siento más francés que ruso, así que, cuando estalló la guerra, decidí cambiar mi nombre por su versión francesa. Ese es el único misterio que encierra mi nombre.

—¿Ves lo que te dije, Thea? —señaló el doctor irrumpiendo en la conversación—. Nació en Siberia y se crio en París. Habla francés, español y ruso. ¡Es increíble! Su historia es tan similar a la tuya…

Thea sonrió a su tío, pero su rostro evidenciaba cierta incomodidad. No le gustaba nada que las circunstancias de su vida cayesen en boca de desconocidos.

—No nos ha dicho cuál es la razón de su presencia aquí, Alexandre —preguntó cambiando de tercio sin demasiada sutileza.

—Su tío me invitó —respondió Alex un tanto desconcertado.

—No, no me ha entendido. Me refiero al motivo de su presencia en Gijón.

—Vamos, Thea, no seas impertinente. Eso son cuestiones personales del señor Bogdánov —le recriminó Prendes.

—¡Vaya! Lo siento si he sido indiscreta. Esta es una situación bastante confusa para mí.

—No tiene importancia, *mademoiselle*. Tampoco hay nada que ocultar. Estoy en Gijón por una cuestión de negocios. No es ningún secreto que Francia está en guerra y que el país necesita suministros. He venido para tratar de conseguirlos al mejor precio.

—¿Qué tipo de suministros, Alexandre? —preguntó Thea dispuesta a seguir tirando de la cuerda. Al mismo tiempo, cogió la copa de burdeos que Prendes le ofrecía.

—Comida. Sobre todo, comida. Siento ser tan poco interesante, la verdad. Mi país necesita conservas para alimentar a su ejército, y yo he venido para gestionar la compra y el posterior envío a Francia —les contó tratando de mostrar cierto hastío en su voz.

—Toda misión tiene su importancia, muchacho. Un país debe alimentar a sus soldados —terció Prendes esbozando una sonrisa.

—Créame que lo sé, doctor. Pero cuando tus compatriotas se juegan la vida, comprar latas de sardinas parece una contribución poco honorable.

—He leído en los periódicos que los soldados se mueren de hambre en las trincheras. Eso sí que resulta poco honorable… —afirmó Prendes palmeándole la espalda de nuevo.

—Gracias, doctor. Es muy generoso conmigo. Si me permite, tomaré otra copa de ese magnífico burdeos.

—Con mucho gusto, muchacho.

Tras los vinos pasaron al comedor donde se sirvió una copiosa cena. A Bogdánov le sorprendió la extraordinaria calidad de la comida, en particular del lechazo, tierno y sabroso, y felicitó efusivamente a Thea por su intervención en ella. Mientras cenaban, oyeron unos rugientes truenos y, segundos después, la lluvia comenzó a estrellarse con fuerza contra los cristales del comedor. Resguardados al otro lado de las ventanas y reconfortados por el calor de la chimenea, a Alex le pareció por un momento que la guerra tan solo era una pesadilla alejada de su realidad.

—Es muy afortunado al mantenerse a salvo cuando otros hombres luchan por usted —le recriminó Thea como si pudiese leer el curso de sus pensamientos.

—¡Thea, por Dios! No parece justo cuestionar el valor de la persona que te salvó la vida —le respondió Prendes, torciendo el gesto con indisimulado malestar. Alex había encontrado un inesperado aliado en el doctor.

—Claro que se lo agradezco, tío, pero hay muchas otras vidas en juego —dijo sosteniéndole la mirada pese al reproche.

—Bogdánov no puede salvarlos a todos, ¿no crees? Sería injusto cargar ese peso sobre su espalda; sobre cualquier espalda, a decir verdad…

Las palabras de Prendes, sin intención, lograron remover las emociones de Alexandre. Era consciente de la importancia de su misión, de las vidas que lograría salvar si conseguía desentrañar el misterio de los papeles de Mata Hari, pero esa no era la verdadera razón de que hubiese aceptado trabajar para la inteligencia francesa. Cerró los ojos y recordó el instante en que llegó el telegrama, en que todo terminó para ellos. Había sido la muerte, una vez más, la que logró cambiar su destino para siempre.

27

Jean-Paul

$\mathcal{D}$esde que tenía memoria, Jean-Paul había amado el ejército con absoluta devoción. El hijo de un español exiliado de las guerras carlistas y una rusa proveniente de las lejanas estepas siberianas se sentía más francés que si sus padres hubiesen nacido a la mismísima orilla del Sena. Si había que buscar las causas de esa prematura querencia, tal vez podrían encontrarlas entre los historiados trajes del ropero de la Ópera Garnier —los llamativos uniformes de los húsares o de los regimientos de coraceros—; o quizás entre los oficiales que invitaban a sus radiantes novias a comer en el restaurante de su padre. En cualquier caso, y sin importar las razones, su amor por Francia estaba allí y cada vez que sonaban los acordes de *La Marsellesa* se erguía henchido por un orgullo que no tenía nada de afectado.

Con el transcurso de los años, no le resultó bastante con amar la bandera y honrar su himno, y el joven Jean-Paul se aficionó a los encendidos debates con los habituales de Le Vieux Andalou, demostrando que tenía más interés en la política que en la gestión del restaurante. Quizás por ello a nadie le sorprendió que, al alcanzar la edad exigida para ello, se alistase en el ejército. Poco después de su cumpleaños, y prácticamente sin contar con nadie para tomar la decisión, apareció un buen día por el bistró ataviado con el gallardo uniforme del noveno regimiento de húsares. Se había enrolado en la caballería porque esa era su otra gran pasión: los caballos. Desde que era un niño que apenas se sostenía en pie, su padre lo llevaba todos los domingos —el único día que cerraban el bistró— al hipódromo, un lugar fascinante a los ojos de un crío: los colores vibrantes, el entusiasmo del público, la expectación que podía percibirse como algo casi corpóreo y, por encima de todo, la elegancia de los caballos cortando el viento. Era imposible no enamorarse de ellos, y Jean-Paul cayó rendido a sus pies con un apego que se había mantenido incólume durante toda su vida. Cuando descubrieron este amor devocional, sus padres le regalaron el caballito de madera que más tarde heredaría Alekséi, le pagaron las clases de equitación en una prestigiosa escuela y continuaron manteniendo la costumbre de visitar el hipódromo cada domingo. Y como resultado de todo ello, Jean-Paul se convirtió en un jinete avezado, capaz de superar con maestría las pruebas de ingreso en el prestigioso regimiento de húsares.

Alekséi recordaba el momento en que Jean-Paul atravesó la puerta de Le Vieux Andalou. Se había dejado un bigotillo incipiente que apenas era una pelusa que acariciaba su labio superior. Caminaba erguido, tal vez pavoneándose un poco, cuando se detuvo ante su madre que, en aquel instante, servía los últimos cafés del día. Se quitó el casco y lo sostuvo en su mano izquierda con la misma delicadeza que adoptaría si sostuviese su cabeza. Esbozó una sonrisa que podría tildarse de pretenciosa pero que en su caso no era sino reflejo de su más profunda satisfacción.

—Me han aceptado en los húsares, mamá —dijo con una voz que temblaba de emoción.

Vania lo observó y no pudo evitar pensar en las guerras

venideras, en que un soldado jamás elige las batallas en las que luchará. Sintió un temor profundo y visceral que la atrapó por dentro como una zarpa. Pero, al mirarle a los ojos, supo que no quería romper sus sueños, ni tan siquiera quebrarlos con sus miedos.

—Y debes ser el más guapo de todos ellos —respondió forzando una sonrisa.

—¡Mamá! —protestó, aunque en el fondo estaba encantado con el halago. Alekséi se acercó y acarició los entorchados de la casaca; deslizó los dedos sobre los flecos dorados de la charretera. Miró a Jean-Paul y sintió que su pecho se caldeaba. Era una sensación tan nueva y placentera que, sin darse cuenta, los ojos se le llenaron de lágrimas. Jean-Paul se agachó y lo sujetó por los brazos.

—¿Qué ocurre, Alek? ¿No te gusta mi uniforme? —preguntó con un velo de preocupación en su rostro. Alekséi negó varias veces.

—Sí que me gusta, primo. Estás tan elegante que pareces un general —consiguió decir entre lágrimas—. Es tan solo que quisiera ser tan francés como tú…

28

Un par de prímulas

La primavera había llegado de repente, de un día para otro y con una furia radiante, como si no le importasen los conflictos de los hombres, sus absurdas guerras ansiosas de muerte. El jardín se había despertado del letargo invernal y sus arriates se habían cubierto de coloridas prímulas que el jardinero cuidaba con esmero. Parecían flores delicadas de pétalos endebles, pero aquella debilidad era engañosa, mera apariencia, porque eran las más valientes, las primeras en aparecer tras el largo invierno. Thea paseaba entre los setos disfrutando de las flores y de los rayos de un sol benévolo cuando Margot la encontró. Regresaba de París y se alegraba de escapar de una ciudad cuya atmósfera pesaba tanto como la aflicción de los parisinos.

—Al fin ha llegado el momento —le dijo.

—¿El momento? —preguntó Thea frunciendo el ceño.

—Sí. No sé durante cuánto tiempo conservaré mi influencia aquí. Por las noches tengo pesadillas, sueños premonitorios de finales desastrosos. Mi tiempo en París está tocando a su fin y no debo permitir que te quedes atrapada aquí conmigo. He conseguido los salvoconductos para que puedas atravesar la frontera sin problemas. Eso ha sido lo más complicado. Tuve que recurrir a Ladoux y ofrecerle

algo a cambio de su ayuda; aunque luego quería saberlo todo de ti. Es un maldito perro desconfiado.

—Estás arriesgando mucho por mí. No sé cómo podré agradecértelo, Margot —dijo Thea conteniendo a duras penas su emoción.

—No tiene importancia, Thea. Dormiré más tranquila sabiendo que estás a salvo —respondió estrechando su mano con afecto—. Viajarás en tren hasta Irún. Al otro lado de la frontera todo será mucho más sencillo. He tirado de contactos, buenos amigos españoles, y tendrás un coche esperando para llevarte hasta Gijón. Deberías escribir a Prendes para informarle de tu llegada.

—¿Y tú?

—¡Quién sabe! De momento he tenido que comprometerme a regresar a Bélgica. Ladoux tiene una misión para mí. Pero quiero pensar que no tardaré demasiado en volver a España. ¡Extraño tanto la luz de Madrid!

—¿Vendrás a verme si regresas a España?

—¡Ojalá! Me gustaría poder decir que sí, pero he llegado a un punto en mi vida en que son otros los que eligen mi camino. Tienes que prometerme que aprenderás de mis errores y no permitirás que eso te ocurra a ti.

—¿Volveremos a vernos, Margot? —preguntó Thea, intentando asimilar que aquello era una despedida.

—Tal vez. Si algo he aprendido en este sucio oficio, es que la vida está repleta de encrucijadas; lo verdaderamente complicado es coincidir en ellas al mismo tiempo.

—Entonces quedará en manos del destino —afirmó Thea con apenas un susurro. Y en cuanto pronunció esas palabras, un escalofrío le recorrió el cuerpo.

29

Reproches desde París

«*L*os hombres mueren en el frente mientras aguardamos sus avances», decía el telegrama de Ladoux. Escueto y brutal, como un reflejo de su personalidad. El maldito bastardo sabía dónde golpear y no dudaba en hacerlo para lograr sus objetivos. Alex arrugó el papel y lo arrojó contra la pared. Sintió el dolor, que nunca llegaba a desaparecer del todo, corriendo por sus venas, envenenándolo a su paso. Trató de doblegar sus emociones, de rechazar los recuerdos que lo martirizaban, pero la estampa de Jean-Paul, con su aguerrido uniforme de húsar, estaba grabada en sus retinas como la imagen de un daguerrotipo. Se levantó de la cama y abrió las ventanas para respirar el aire que olía a mar. El fragmento del Cantábrico que se extendía ante él parecía enojado con los dioses. Su rebelión se mostraba de una forma amenazante, hostil, aunque al mismo tiempo resultaba un esfuerzo baladí: todas las olas acababan por estrellarse contra un muro para desvanecerse en la nada. Al verlas, no pudo evitar pensar que sus esfuerzos eran como ellas.

Ferdinand lo esperaba en La Favorita a su regreso del almuerzo con Prendes. Doña Lucía parecía un tanto molesta cuando salió a su encuentro y le anunció la presencia del agregado consular. Su moño estaba despeinado y en los ojos tenía un brillo febril. La siguió a lo largo del pasillo hasta una salita que pertenecía a sus dependencias privadas. Era un cuarto no muy grande con dos sillones y un escritorio arrimado a la pared, profusión de cojines y pequeños mantelitos de ganchillo reposando sobre cada superficie de la habitación. Allí aguardaba Ferdinand con aire distendido como si aquel lugar tan femenino no le fuera tan ajeno como la piel de otro.

—El Deuxième le remite un telegrama —dijo aireando un sobre que permanecía cerrado—. Me temo que los jefes se impacientan…

—Hago todo lo que puedo —respondió Alex sintiendo la necesidad de vindicarse—. Me reciben en casa de los Prendes como a un amigo, pero Reinder es tan astuta como desconfiada. Cada vez estoy más convencido de que es ella quien guarda los documentos que buscamos. De no ser así, no tendría sentido tanta reserva.

—Bien, usted sabrá —dijo encogiéndose de hombros—. Esta es su misión, amigo. Quizás habría sido más sencillo encomendársela a un español. Su acercamiento a la *mademoiselle* habría despertado menos sospechas.

—Ladoux no confía en nadie, y menos, en españoles…

—Ha confiado en usted —respondió Ferdinand, aunque sus palabras sonaron como un reproche—. En fin, aquí tiene el telegrama. Sabe que puede contar con Dumont y conmigo si necesita nuestra ayuda. Dumont, ahí donde le ve, fue campeón de lucha libre y se mantiene en forma. Por cierto, en las calles se rumorea que los alemanes tienen agentes haciendo preguntas sobre la estancia de Mata Hari en la ciudad. Me temo que no tardarán en dar con la pista de Reinder, si no lo han hecho ya. Si están tan desesperados como nosotros, es posible que su vida corra peligro.

—Lo tendré en cuenta, Ferdinand. Gracias por la advertencia.

115

—De acuerdo. He de irme; ya he terminado mi trabajo aquí —dijo con una sonrisa que le otorgó un aspecto lobuno. Alex se preguntó si sus palabras se referían en exclusiva a la misión. Ferdinand abandonó la salita y doña Lucía no tardó en aparecer para desterrarlo de sus dominios. Una vez en su habitación, abrió el sobre que custodiaba los *poéticos* reproches de Ladoux. No le gustaba el capitán, ni siquiera en su primer encuentro le había gustado, pero aquella guerra estaba comandada por hombres despreciables que, en aras de su orgullo, conducían sus tropas al matadero. Al menos Ladoux fingía que le importaban esas vidas.

Rememoró su visita al despacho del militar en el Deuxième Bureau; un ventanal enorme y, ante él, un escritorio que resguardaba la rolliza figura de Ladoux. El capitán, que lucía un espeso mostacho negro, quería revestirse de la apariencia de un general; y tal vez esas eran sus aspiraciones.

116

Ladoux le dio la bienvenida y lo invitó a sentarse. Comenzó la entrevista cuestionando las razones que lo habían impulsado a cambiar de nombre. Alexandre entendió que lo estaba poniendo a prueba antes de contarle qué pretendía de él.

Bajo el atento escrutinio del capitán, le explicó que todo lo que era se lo debía a Francia y a su familia; su motivación había sido la gratitud.

Ladoux le soltó un petulante discurso sobre la prevalencia de los intereses de la nación por encima de los individuales. A continuación, formuló una pregunta que consiguió sorprenderlo:

—¿Sabe quién era Mata Hari?

Alexandre asintió. Todo el mundo conocía la rocambolesca historia de la bailarina exótica condenada por traición. El jefe del Deuxième Bureau le explicó que Mata Hari manejaba una información de vital importancia para el país, una información que podría cambiar el curso de la guerra.

En algún momento, la diva le entregó los papeles a una persona de confianza. Debían encontrarlos para detener la matanza que, día tras día, se producía en el frente.

Alex expresó sus dudas. No lograba entender por qué lo habían elegido a él. Ladoux tenía una respuesta: los documentos se hallaban en una pequeña ciudad del norte de España.

—Y yo hablo español… —afirmó dudoso.

El capitán sacudió la cabeza y señaló los informes que destacaban su disciplina, su valor en el campo de batalla. El Deuxième Bureau iba a adiestrarlo, a facilitarle toda la información que estaba en su poder, pero por encima de todo debía ser discreto.

El silencio sería su aliado.

117

30

Añoranza

—¿**D**ónde está Aquitania? —preguntó Alekséi, mientras observaba cómo la luz de otro día se apagaba tras las ventanas.

—Demasiado lejos de aquí —respondió Vania, exhalando un suspiro que tenía un poso de tristeza. Su tía mantenía la mirada detenida en unas polainas negras mientras bordaba una filigrana con hilo de oro y, aunque Alek no conseguía ver sus ojos, podía percibir su pesar como una especie de sustancia gris que emanaba de su cuerpo. Él quería saberlo todo: dónde estaba Jean-Paul, cuánta distancia los separaba de él, cuándo regresaría a verlos. Sin embargo, eran preguntas que tan solo traían dolor, así que después de un tiempo dejó de hacerlas. Habían tenido que aprender a vivir sin él y resultó ser mucho más difícil de lo imaginado. Estiró la mano y agarró la carta que reposaba sobre la mesa. No era la primera vez que la leía, pero volver a hacerlo parecía la forma más sencilla de mantenerlo cerca. La carta contaba las virtudes de la vida en el cuartel: la camaradería entre compañeros, los entrenamientos a caballo y el esforzado rigor del adiestramiento. Sin embargo, había algo en las palabras elegidas por Jean-Paul, en la forma de construir las frases, que transmitía un cierto desánimo.

Alekséi imaginaba que la añoranza de unos y otros podía atravesar las leguas de distancia que los separaban.

—¿Has hecho tus tareas? —preguntó su tía afilando la mirada.

Alekséi pensó en la escuela, en los problemas de aritmética que aguardaban en un cajón de su escritorio. El profesor lo había castigado y duplicado sus deberes. Sus mejillas se sonrojaron al recordar lo ocurrido. No se atrevía a contárselo a su tía porque la humillación aún lo consumía por dentro.

—Me queda poca cosa, tía —dijo resistiéndose a abandonar la carta de su primo.

—Pues tendrás que terminarlos cuando acabes con la carta —respondió Vania magnánima.

—Lo haré —afirmó distraído, pues ya estaba sumergido en las palabras de Jean-Paul.

Queridos todos:

Os escribo esta carta antes de dormir, a esta hora del día, cuando la luz se desvanece, el cansancio se adueña de todos mis compañeros y hay un sosiego e intimidad del que no gozamos en ningún otro momento. El adiestramiento es duro y nos deja poco tiempo de solaz, aunque he aprendido mucho y, si antes pensabais que era un buen jinete, tendríais que verme ahora: Alekséi se quedaría boquiabierto con mis habilidades. También he hecho amigos, buenos amigos; supongo que la convivencia día a día, compartir todo lo que tenemos, nos une de una forma especial. Y sin embargo, os extraño mucho, familia. Es lo único a lo que no acabo de acostumbrarme. Cuento los días para que me concedan algún permiso, pero la distancia es tan grande que no podré regresar hasta Navidad. Entretanto, trataré de convertirme en el mejor soldado del regimiento para que podáis sentiros muy orgullosos de mí…

Luego seguían una serie de afectuosas despedidas que consiguieron emocionarlo antes de terminar la carta. Aunque el otoño se apagaba y el frío se adueñaba de París, la Navidad parecía algo tan lejano como ese cuartel perdido en algún lugar de Francia. Plegó la carta con cuidado y la depositó sobre la mesa. Volvió a acordarse de los números amontonados que lo esperaban en el cuarto y sintió un aguijón de rebeldía. Le costaba entender lo que había sucedido con aquellos chiquillos crueles que le habían afeado algo que no era. «Maldito judío» fueron las palabras escupidas contra él. Martine, que en aquel momento jugaba con sus amigas, se quedó paralizada, oculta tras su pelo, y Alekséi sintió que debía defenderse, negar las acusaciones. Pero se burlaron de él, no escucharon sus explicaciones y, antes de darse cuenta, se revolcaban en el suelo. No tardaron en separarlos y, aunque le preguntaron las razones de la pelea, fue incapaz de repetir aquellas palabras que quedaron como una nube oscura flotando sobre él. Y ahora debía enfrentarse a su castigo. Nunca había sentido que ser ruso podía convertirse en un problema: su familia era una amalgama de naciones, pero habían elegido vivir en Francia, y Jean-Paul, orgulloso de su patria, había jurado defenderla.

Alekséi se levantó y se acercó a su tía. Vania alzó la vista y sonrió. Era una sonrisa triste y esforzada. Alek tuvo el impulso de abrazarla, de protegerla como ella lo había protegido a él. Rodeó a su tía con los brazos y las afrentas quedaron fuera, pospuestas a un nuevo día. Mientras permaneciesen guarecidos en aquella bola de cristal, nada ni nadie podría hacerles daño.

31

El Hollandia

El Hollandia surcaba el canal de la Mancha mientras las olas golpeaban su casco de acero. Arriba, en el cielo lejano, las nubes formaban un manto gris y simulaban una consistencia espesa. Las volutas de humo de las chimeneas del barco ascendían empujadas por un viento ligero y Margot las vio alejarse para perderse en el firmamento. Tenía un poco de frío y se resguardó en el cuello de su abrigo de zorro. Sacudió la ceniza del cigarrillo con un golpe ligero y se asomó a la borda para verla caer. Pensó en lo sencillo que parecía dejarse caer, dejarse acoger por el mar que aguardaba allá abajo. Pero en la vida nada era tan fácil como parecía. Se alejó de la borda sintiendo que toda aquella grisura se le había pegado a la piel. Regresaba al salón del Hollandia cuando escuchó las sirenas. Surcaron el aire ululando salvajes, advirtiendo del peligro que traían consigo. El capitán surgió de la nada y se detuvo ante ella.

—Son buques ingleses, señora Zelle —le dijo como si pretendiese advertirla. Margot asintió. No supo qué más decirle. Pensó en la cajita de nácar escondida entre el forro de su baúl de viaje; no había vuelto a separarse de ella.

—Lo mejor será que me retire a mi camarote. No creo que los ingleses hayan cruzado el canal por mí, capitán.

Atravesó el salón donde tan solo quedaban los camareros recogiendo las mesas, bajó las escaleras y caminó por el estrecho pasillo hasta llegar al camarote. Cerró la puerta tras de sí y echó el pestillo. Su instinto le decía que los malditos ingleses buscarían una presa en el Hollandia y, si ella iba a ser su trofeo, no pensaba ponérselo nada fácil. Abrió el baúl e introdujo la mano a través del forro rasgado, acarició la superficie de la cajita de nácar y la atrapó entre sus dedos. Debía ponerla a salvo, pero no podía dejarla abandonada en el Hollandia. Tenía poco tiempo para tramar un plan y sus opciones eran más bien escasas. Los ingleses no dudarían en registrar su equipaje pero, si hacían honor a su fama de caballeros, no harían lo mismo con ella. Abrió la cajita y desdobló la lista que escondía en su interior. Aquel trozo de papel, apenas una cuartilla, contenía la información más peligrosa que había atesorado durante sus años de servicio para los alemanes. Ellos la habían exprimido, le habían robado el alma, la habían convertido en una intrigante carente de escrúpulos, pero también la habían subestimado; ese había sido su gran error. Los aliados darían cualquier cosa por hacerse con los nombres que figuraban en aquella lista o, al menos, eso quería pensar. Volvió a doblar la cuartilla y la guardó en la caja. Al hacerlo le pareció que parte de su ansiedad se desvanecía, como si el consejo de su madre tuviese algún viso de realidad. Escondió la caja en el interior de su corsé y cerró el baúl con el resto del equipaje. Se acercó a un espejo con el azogue deteriorado por la humedad. Su belleza se esfumaba y cada vez le resultaba más costoso mantener ese aire de exotismo con el que pretendía seducir al sexo opuesto. Se ajustó el sombrero y se colocó el velo sobre el rostro. Tras el tul, sus facciones se desvanecían y adquirían un aspecto más misterioso. Decidió que podía utilizar ese misterio para decantar la baraja a su favor. Cerró los ojos durante un instante y sintió que aquella larga travesía pesaba sobre sus hombros como una losa. Antes de volver a abrirlos, oyó unos golpes rotundos en la puerta del camarote. «Ya vienen a buscarme», pensó, y haciendo acopio de valor, se irguió para abrir la puerta.

Ella, Margot Zelle, conocida en toda Europa como Mata Hari, era una espía que se había atrevido a atravesar países asolados por la guerra, que se había encamado con generales de ambos bandos y que no había dudado en acudir al frente para reunirse con su amante. Ella era Mata Hari, la espía que había utilizado a los hombres como peones. Y no pensaba abandonar el juego.

123

32

Un paso adelante y dos atrás

*L*a lluvia azotaba los cristales y se deslizaba por los canalones como animada por una furia pertinaz. Alex movió las cortinas de su cuarto para ver que el mar se peleaba con el Muro[8] y parecía que ganaba en aquella lucha desigual. Enfrentado a las inclemencias, se planteó si sería conveniente aguardar a que escampara. Había pensado en visitar a Prendes en su mansión de Somió, pues los lunes era el día en que Thea libraba en la botica. Pese a sus planes, creyó que presentarse en la mansión en un día como aquel podía resultar una estrategia equivocada y un tanto desesperada. De pronto, sonaron unos golpes discretos en la puerta de su habitación. Se colocó los tirantes, se puso la chaqueta y se acercó a abrir. Dumont aguardaba al otro lado de la puerta con aspecto de haber sido maltratado por la lluvia. El sombrero hongo había protegido sus bigotes, pero la gabardina y los zapatos estaban totalmente empapados. A sus pies, el agua formaba un pequeño charco grisáceo. Doña Lucía no tardaría en aparecer para secar semejante desastre.

—*Monsieur* Ferdinand me ha enviado.

8. El Muro es una construcción de piedra que delimita la playa de San Lorenzo. Suele decirse «pasear por el Muro» para refererirse a caminar por el paseo de la playa.

Alex se hizo a un lado y lo invitó a pasar. Dumont apenas se adentró en la habitación. Se apoyó en la puerta tras cerrarla e inspiró profundamente. Parecía muy cansado.

—Han atacado la mansión del doctor Prendes. La policía piensa que fue un robo que salió mal, pero nosotros desconfiamos de esa hipótesis. Los alemanes se están moviendo y cada vez cuentan con más informantes, más agentes en el norte. Creemos que puede tratarse de una maniobra para hacerse con el objetivo.

—¿Un robo que salió mal? ¿Le ha ocurrido algo a *mademoiselle* Reinder?

—No. Ha sido el doctor Prendes. Está ingresado en el hospital. Lo golpearon en la cabeza y perdió el conocimiento. Pensé que debía saberlo. El cerco se estrecha alrededor de *mademoiselle* Reinder y debe extremar las precauciones si pretende mantenerla a salvo. —Algo en la mirada de Dumont le dio a entender que aquella recomendación iba más allá de los intereses de su misión—. Es una mujer muy bella e inteligente.

—Lo es —reconoció un tanto incómodo—. ¿Podría acompañarme al hospital, Dumont?

—Será un placer —afirmó echando un aflijido vistazo hacia la ventana donde proseguía la lluvia y su golpeteo.

Atravesaron media ciudad bajo el aguacero inclemente. Aunque apenas habían alcanzado el mediodía, la luz era escasa, mortecina. Se detuvieron ante un edificio de vetusta piedra gris y estrechas ventanas apuntadas que guardaba más parecido con un castillo que con un sanatorio.

—Es aquí, Bogdánov. Será mejor que no le siga al interior. Debemos evitar que nos vean juntos en la medida de lo posible.

—Sí —afirmó Alexandre—, será mejor así. Trataré de averiguar lo ocurrido. Gracias, Dumont.

Dumont se alejó y no tardó en desvanecerse tras la cor-

125

tina de agua. Alex cruzó la calle y se adentró en el vestíbulo del hospital. Detrás del mostrador había una religiosa muy joven con anteojos de metal. Alzó la vista de unos papeles y lo interrogó con una mirada que exigía explicaciones.

—Vengo a visitar al doctor Prendes. Me han informado de que está ingresado aquí.

La religiosa consultó un archivador de metal colocado sobre el mostrador y detuvo el dedo bajo un nombre. Seguido, lo arrastró a lo largo de la hilera hasta localizar la habitación.

—Está en la habitación 204. Es una de las habitaciones privadas de la segunda planta —dijo antes de regresar a sus papeles.

Bogdánov subió la escalinata de madera que aguardaba al fondo del vestíbulo. Los ventanales, un tanto polvorientos, apenas iluminaban las escalones quejumbrosos bajo el peso de sus pasos. El hospital tenía el aspecto deprimente de un lugar donde se espera la muerte y la penumbra tan solo conseguía reforzar esa impresión. En la segunda planta estaban distribuidas las habitaciones a ambos lados del pasillo: a la derecha, las habitaciones pares; y a la izquierda, las impares. Alex se asomó un instante y vio a Thea apoyada en una ventana del pasillo. No podía creer la suerte que tenía de encontrarla a solas. Muy pronto se percató de que estaba por completo equivocado.

—Señorita Reinder…

Thea se apartó de la ventana y se acercó hasta él. Había una dureza en su mirada que iba más allá de su recelo habitual. Estaba agotada, consumida por la angustia, aunque conservaba su entereza a pesar de todo.

—¿Qué estás haciendo aquí? —preguntó alzando la barbilla en un ademán desafiante.

—Me enteré de lo ocurrido. Lo siento mucho, Thea. —Ella le detuvo con un gesto expeditivo, y él no supo cómo debía continuar, qué podía decir.

—Te pregunto qué estás haciendo aquí. Apareces de repente en nuestras vidas; te abrimos la puerta de nuestra casa, ¿y ahora ocurre esto? ¿No te parece demasiada coincidencia? No has traído nada bueno contigo, Alexandre.

—No tengo nada que ver, Thea. —Al menos en eso iba a ser sincero—. Jamás permitiría que os hicieran daño. —Y de pronto fue consciente de que decía la verdad, que detestaba la idea de que alguien los dañase.

Thea lo miró y sus espléndidos ojos castaños parecieron verlo por primera vez. Había miedo allí; la desconfianza de no saber si podía confiar en alguien aparte de la persona que aguardaba herida al otro lado de la puerta. Su único amarre, su único faro en la tormenta, podría haber muerto a causa del cruel ataque y no soportaba la incertidumbre de ignorar quién era el responsable.

—No te confundas, Alex. Nadie es totalmente inocente aquí. Y tú tampoco.

127

Bogdánov sintió que algo cambiaba en aquel preciso instante. Quizás era porque lo llamaba Alex por primera vez; o quizás el miedo que llegaba a percibir en ella y que la hacía más vulnerable.

—Os consideráis superiores, los héroes de Europa, pero esos hombres que tanto odiáis también tienen mujeres, hijos…; civiles que mueren a causa de las decisiones de otros. No sois inocentes, Alex, sois tan criminales como ellos. Lo sé muy bien. Si quieres algo de mí, te aseguro que no vas a conseguirlo. Deja de rondar a nuestro alrededor. Vete y déjanos tranquilos.

Thea se alejó de él sin permitirle defenderse. Cerró la puerta tras de sí y, con aquel gesto, trazó una línea invisible que Alexandre no se atrevió a cruzar. Sintió la impotencia de no poder visitar al doctor. Prendes era un tipo estupendo y lo había tratado como a un amigo. Se retiró cabizbajo. A pesar de haber percibido un pequeño cambio en Thea, el dolor por lo sucedido los había alejado más aún. Bajaba las escaleras absorto en sus pensamientos, cuando sintió un fuerte golpe en el hombro. Tardó un instante en comprender que alguien había tropezado con él, aunque el tipo continuó subiendo las escaleras sin darse por aludido. Alex le increpó molesto por su actitud.

—Al menos debería disculparse, ¿no cree?

El hombre se detuvo y tardó unos segundos en volverse. De pronto, pareció que todo ocurría más despacio, como si los movimientos de aquel individuo se hubiesen ralentizado. El tipo se llevó la mano al sombrero y lo inclinó hacia atrás descubriendo que sus ojos eran de diferentes colores: uno castaño oscuro, y el otro, de un azul tan glacial como inquietante. Sonrió mostrando una hilera de dientes amarillos de gran tamaño. Su sonrisa no solo resultaba perturbadora; era una burla frente a las excusas reclamadas por Bogdánov. El hombre continuó subiendo las escaleras desentendiéndose por completo de él y, durante un instante, Alex tuvo la tentación de seguirlo y exigirle explicaciones. Luego desechó la idea: no quería provocar un altercado en el hospital y, con ello, atraer una atención innecesaria. De nada servía lamentarse ahora por los errores pasados. Debía apresurarse en contactar con Ferdinand para tratar de reunir toda la información posible sobre lo ocurrido en la mansión de Prendes. Si los alemanes avanzaban en la dirección correcta, y eso parecía, ellos tendrían que correr más aún para neutralizarlos.

33

Martine

Martine era la chiquilla más preciosa de toda la escuela. Su cabello, de un rubio ceniciento, sus grandes ojos castaños y cientos de pecas cubriéndole el rostro conformaban una magia diferente al resto de las niñas que conocía. En la escuela se contaba con cierto regocijo que el padre de Martine era banquero —una familia adinerada que paseaba sus caniches por la orilla diestra del Sena— y que su labor de desplumar a incautos pagaba los carísimos vestidos que la niña lucía a diario. Alek no podía comprender cómo el resto del colegio no le rendía pleitesía; para él, Martine era un ser inalcanzable, como una de esas vírgenes que aguardan indolentes elevadas a los altares. Por eso se sorprendió tanto cuando Martine se le acercó en el patio mientras alimentaba a los gorriones con los restos de su merienda.

—Son muy bonitos —le dijo. Alek asintió y le tendió un puñado de migas de pan. Martine sonrió y las cogió en la mano. Se agachó a su lado y les tiró algunas migas a los pajarillos—. El otro día oí lo que decían esos niños: te llamaron judío.

—Pero no lo soy —respondió Alek a la defensiva.

Martine frunció el ceño como si aquella respuesta tan impulsiva la incomodase de algún modo.

—¿Acaso piensas que es algo malo? —preguntó un tanto molesta.

—Ni siquiera sé lo que es —reconoció sincero—, pero yo soy ruso, no judío…

Martine abrió sus enormes ojos pardos y sonrió mostrando una hilera de dientes perlados.

—Mi padre siempre dice que los rusos que viven en París tienen mucho dinero.

—Yo no tengo nada —respondió Alek encogiéndose de hombros—. Mi tía Vania fue a buscarme a Moscú porque mis padres habían muerto. Tan solo me traje una maleta con algo de ropa.

—¿Qué les pasó a tus padres? —preguntó tendiendo la mano hacia los gorriones.

Uno de los pájaros, el más valiente, se aproximó dando tres saltitos y picoteó las migas que Martine sostenía en la palma. Ambos cruzaron una mirada cómplice y se sonrieron durante un instante.

—Mi madre murió cuando nací y a mi padre se lo comieron los osos —le contó Alek. De repente se sorprendió al darse cuenta de las pocas palabras que necesitaba para resumir la tragedia de sus padres.

—¿Los osos? —preguntó extrañada.

—Vivíamos en la estepa siberiana —respondió cabizbajo—. Allí abundan los osos hambrientos. En realidad, allí todos están hambrientos.

—Lo siento, Alekséi —contestó ella apoyando una mano sobre su hombro. En sus ojos había tristeza, así que Alek miró hacia otro lado. A pesar del tiempo transcurrido, la pena de otros aún dolía tanto como la suya.

Durante un tiempo, los dos guardaron silencio. Se quedaron sentados, el uno al lado del otro, con una cercanía física que les aportaba cierto consuelo. Entonces sonó la campana y ambos se movieron. Martine se frotó las palmas de las manos en los pliegues de su falda y los restos de migas se perdieron.

—¿Quieres que te cuente algo de mí? —preguntó de pronto.

—Me gustaría mucho —respondió Alekséi muy serio.

—Yo sí que soy judía... Y te aseguro que no es nada malo, Alek.

34

Londres

La niebla cubría las calles de Londres de una pátina húmeda y resbalosa; la luz que la acompañaba era triste, deprimente, y no ayudaba a combatir la melancolía. Los londinenses parecían acostumbrados a vivir así, bajo esas condiciones, pero el deseo de recuperar su libertad para huir de allí cada vez era más pujante. Los ingleses la habían encerrado en unos calabozos tan grises como el resto de la ciudad y, aunque el mobiliario de la estancia era confortable, la sensación de claustrofobia resultaba insoportable. Pese a todo, no los veía muy proclives a liberarla. El jefe de la Special Branch[9] —el comisionado Basil Thomson— la había interrogado en un par de ocasiones buscando las motivaciones de su presencia en el Hollandia, aunque las explicaciones que les había facilitado hasta entonces no llegaron a convencerlos. Al final de un farragoso interrogatorio, se vio en la necesidad de mencionar su colaboración con el Deuxième Bureau. Le pareció que era la única posibilidad que tenía de ganarse su confianza.

—Los franceses pretenden que utilice mis relaciones para obtener información...

---

9. Servicios secretos de Scotland Yard.

—¿Sus relaciones? —preguntó el jefe de los servicios secretos de Scotland Yard.

—Así es. Mi trabajo como bailarina me obliga a viajar por toda Europa y eso hace que me relacione con gente muy interesante, ¿sabe? Quisiera hablar con toda libertad, pero entonces no sería digna de la confianza que han depositado en mí —arguyó Margot esbozando una sonrisa misteriosa.

—Le sugiero que, si pretende salir de aquí, procure ser sincera.

—No me cree... No cree que una mujer como yo pueda ser una pieza relevante en este tablero de ajedrez.

—No podemos perder el tiempo con tonterías, madame Zelle. Nos jugamos demasiado en esta guerra.

—Lo sé, créame. Seguramente habré estado más cerca del frente que muchos de los suyos... He visto el horror en los hospitales de campaña, así que no tiene que recordarme los estragos de la guerra, comisionado. Acabemos con este asunto; me aburre prolongar por más tiempo mi presencia aquí. He de suponer que conoce al responsable del Deuxième Bureau. ¿O tal vez me equivoco?

En cuanto pronunció el nombre de Ladoux todo cambió. Thomson parpadeó y le sostuvo la mirada durante un instante. Luego abandonó la estancia dando instrucciones a sus hombres para que la llevaran de vuelta a los calabozos. Los funcionarios que la acompañaron no pronunciaron ni una palabra durante el trayecto, algo habitual en aquellos ingleses tan hoscos como su clima. Y ahora aguardaba entre cuatro paredes el desenlace de su aventura londinense.

—¿Madame Zelle? —Margot se irguió del camastro donde dejaba pasar las horas. Se estiró el vestido negro con las manos en un vano intento por librarse de las arrugas. El comisionado Thomson aguardaba en el umbral de

133

la puerta sin llegar a atravesarla y Margot lo interpretó como una invitación para acercarse a él—. He hablado con Ladoux…

—¿Y?

—Me ha pedido que la libere.

—¿Y lo hará? —preguntó Margot sin atreverse a sonreír.

—No encontramos razones para retenerla por más tiempo, madame Zelle. Tengo la obligación de comunicarle que deberá abandonar Inglaterra de inmediato. No nos resulta grata su presencia aquí.

—¡Vaya, vaya, qué caballerosidad la suya! No se acongoje, comisionado, no tengo el menor interés en alargar mi estancia en Inglaterra. Me iré en el primer barco que zarpe de la isla.

—Nos ocuparemos de que así sea. Mis hombres la acompañarán de regreso a Falmouth. Allí la espera un barco con destino a España.

—¿España? —preguntó Margot levemente sorprendida.

—Madame Zelle, disculpe mi atrevimiento. Desconozco sus razones para involucrarse en esta guerra. Si lo hace por dinero, le aseguro que hay formas más seguras de ganarlo. Abandone estas intrigas ahora que aún está a tiempo. Más adelante quizás sea demasiado tarde para hacerlo.

Margot compuso una sonrisa triste. Hacía mucho que se sentía como una mariposa atrapada en una tela de araña, revolviéndose desesperada para no aceptar que estaba aprisionada. Era demasiado tarde para arrepentirse, demasiado tarde para retirarse; su destino acabaría por encontrarla allá donde se escondiese.

—Le agradezco el interés, comisionado, pero esto es lo único que sé hacer. Ya nadie quiere a Mata Hari —confesó en un arranque de sinceridad inusual en ella—. Una mu-

jer sola no puede permitirse hacerse vieja. —Margot creyó detectar algo similar a la conmiseración en la mirada
del comisionado, aunque no tardó en desaparecer, y ella se
preguntó si se lo habría imaginado. Thomson se despidió
con un gesto vago y después le dio la espalda: las vicisitu-
des de la bailarina exótica más famosa de toda Europa ya
no eran asunto suyo.

135

35

Un héroe inesperado

$\mathcal{M}$antenerse alejado de Thea resultó mucho más difícil de lo que habría podido imaginar. Al principio pensó que su frustración provenía del obligado parón en la misión que le habían encomendado, pero no tardó demasiado en darse cuenta de que lo peor era verse obligado a dejar de verla.

Se reunió con Ferdinand en el mismo café francés de los Jardines de la Reina y acordaron que Dumont se encargaría de vigilar a Thea y de velar por su seguridad. Tras el ataque en la mansión del doctor Prendes, temían las consecuencias del delirio de los alemanes: los creían capaces de cualquier cosa. Fue Dumont quien le informó, unos días más tarde, del regreso del doctor Prendes a su villa de Somió. Poco después, Thea se reincorporó a su trabajo en la farmacia de la calle Corrida y todo recuperó una aparente normalidad.

Una tarde de noviembre, empujado tal vez por un nordeste desquiciador, decidió acercarse hasta las proximidades de la botica. La tarde llegaba a su fin y la luz se había desvanecido tiempo atrás. Las calles permanecían casi desiertas. Era obvio que el viento helado disuadía a los paseantes más osados. Alex se refugió de las dudas y del frío en los bares de la zona y se trajinó unos cuantos vinos; en parte, para calentar el cuerpo; y en parte, para hacer acopio de valor. Cuando abandonó el último, anochecía y ya había desistido de enfrentarse a Thea. A esas horas estaría camino de Somió. Caminaba por las calles aledañas a la farmacia, cuando vio que unos hombres embozados atacaban a una mujer que se defendía con coraje. Uno de ellos la tenía amordazada y, aun así, se podían oír sus gritos amortiguados tras el trapo. Alex corrió hacia allí y, cuando estaba a punto de alcanzarlos, reconoció a Thea en la mujer que forcejeaba con sus agresores. Alex se lanzó sobre uno de ellos antes de que pudiesen percatarse de su presencia. El otro empujó a Thea, que tuvo la mala suerte de golpearse con una farola. Cayó lentamente y quedó tendida en el suelo, semiinconsciente. El maleante, al verla desmayada, se desentendió de ella y se enfrentó a Alex. Eran dos tipejos de considerable envergadura y, cuando el que daba la impresión de ser más joven sacó una navaja enorme, lamentó haber dejado su pistola en la pensión. Había esquivado un par de navajazos cuando sonaron disparos a su espalda. Uno de los tiros rozó la oreja del navajero que, al ver la sangre, agarró a su amigo por las solapas del abrigo y echaron a correr. Antes de que pudiese hacer algo por impedirlo, los atacantes se desvanecieron como alimañas en la noche oscura. Alex sintió unos pasos apresurados tras de sí y, al volverse, se encontró frente a Dumont y su característico sombrero hongo.

137

—Han escapado —le dijo frunciendo el ceño.

—Ocupémonos de *mademoiselle* —respondió Dumont acercándose hasta ella. Thea se había incorporado a duras penas y reposaba en la farola contra la que se había golpeado. Se llevó la mano a la frente, donde un moretón comenzaba a manifestarse. Esbozó un gesto de dolor antes de fijar su atención en Alex.

—¿Cómo te encuentras? —preguntó solícito agachándose a su lado.

—Estoy bien —afirmó tratando de levantarse. Alex la ayudó a ponerse en pie y Thea se tambaleó algo mareada.

—Será mejor que te sientes —dijo indicándole un banco cercano—. Tienes un buen golpe en la cabeza.

—Siempre apareces para salvarme, Alex. Podría acabar por convertirse en una costumbre…

Alex observó sus preciosos ojos almendrados; las pecas que, por la noche, tan solo eran un velo de estrellas brillando sobre su cara. Tuvo que reprimir el impulso de acariciar un rizo fugitivo de aquel moño despeinado. Se conformó con sonreír embobado. La presencia de Dumont le recordó las verdaderas razones por las que estaba allí.

—Me gustaría saber qué buscaban esos hombres. Es la segunda vez que os atacan —dijo mirándola con una preocupación que no tenía nada de fingido.

Thea cerró los ojos durante un instante. Cuando los abrió de nuevo, su primera mirada se detuvo en Dumont.

—¿Quién es? —Alex se vio enfrentado a una pregunta que no estaba preparado para responder. Ojalá Dumont pudiera esfumarse como los atacantes, pero era demasiado tarde para inventar excusas. Su respuesta a aquella pregunta, en apariencia sencilla, podría arruinarlo todo.

—Me llamo Pierre Dumont. Formo parte del personal del consulado francés, *mademoiselle*. He visto a un compatriota en apuros y no he tenido más remedio que intervenir. Al verla a usted, me he alegrado doblemente del resultado de mi intervención —afirmó haciendo una leve inclinación con el sombrero en la mano.

En aquel instante, y de haber resultado conveniente, le habría plantado a Dumont un par de sonoros besos en las mejillas por lo acertado de sus palabras. Tras asegurarse de que Thea se encontraba razonablemente bien, Dumont se excusó arguyendo una cita pendiente y se alejó. En conjunto, su actuación había sido tan oportuna que ganó muchos enteros en la opinión que Alexandre tenía de él. Jamás habría tenido sus reflejos.

—Debería llevarte al hospital —dijo Alex en cuanto estuvieron solos.

—¡No, por Dios! Apenas tiene importancia —afirmó tocándose el chichón y disimulando un reflejo de dolor—. Tan solo conseguiremos asustar al tío Manuel, y ya ha tenido suficiente con lo ocurrido en casa…

—En eso estoy de acuerdo, Thea, pero habría que encontrar la manera de ponerle fin a esta situación.

—Nada me gustaría más. Quisiera poder contarte lo que sucede, pero ni siquiera estoy segura de saberlo. Solo albergo sospechas y es demasiado arriesgado hablar…

—En estos tiempos convulsos la confianza lo supone todo —arguyó Alexandre tratando de profundizar en sus reparos.

—Y la lealtad también —respondió ella muy seria. Alex tomó conciencia de que con aquellas cuatro palabras daba por zanjada la cuestión.

—Permíteme al menos que te acompañe al taxi.

Caminaron hacia la plaza del Instituto por las calles desiertas. La proximidad del mar colmaba el aire de un penetrante olor a algas. Thea se arropó en su abrigo de cabritilla y Alex se subió las solapas del suyo. Un taxi solitario como la noche aguardaba en la parada. Alex le dio las señas al conductor y le pagó la carrera hasta Somió. También añadió una generosa propina para que tuviera la amabilidad de aguardar mientras se despedían.

—Ha sido un día muy largo —dijo Thea mirando hacia el suelo.

—Thea… —El nombre en su boca sonó suave como el terciopelo. No importaba la guerra, tampoco importaba Francia, tan solo importaba ella. El deseo de ver sus ojos, de enfrentarse a ellos, se volvió tan pujante que se atrevió a tocarla. Levantó su rostro con unos dedos temblorosos y la miró a los ojos. Thea parecía inquieta, confusa, como si todas las emociones de aquellos días extraños se aglutinasen en su mirada. Alex se acercó con cuidado temiendo a cada paso, con cada pálido avance, que ella lo rechazase. Pero no lo hizo. Estaban impulsados por una fuerza que inexorablemente los empujaba a cada uno en brazos del otro. Sus labios se encontraron en un beso trémulo, vacilante, y Alex sintió que podría besar aquellos labios hasta la eternidad y no rendirse nunca.

36

Soldados de juguete

*J*ean-Paul regresó por Navidad, tal y como había prometido en cada una de sus cartas. El frío azotaba la ciudad y, pese a ello, los parisinos abarrotaban las calles impelidos por el énfasis navideño. Los escaparates repletos de bagatelas, los cafés olorosos de dulces y los bulevares alumbrados por bombillas de colores conformaban una estampa navideña casi perfecta.

Jean-Paul llegó un 22 de diciembre y franqueó las puertas de Le Vieux Andalou arrastrando consigo una corriente de viento gélido y desapacible. En aquel preciso instante sus padres recogían las mesas tras el almuerzo y el restaurante estaba casi vacío. Alekséi comía una suculenta sopa en la mesa más cercana a las cocinas. Desde allí, vio cómo se abría la puerta del bistró y entraba un joven vestido con el distinguido uniforme de los húsares. Al momento supo que era Jean-Paul. Dejó la cuchara en la sopa, empujó la silla hacia atrás y corrió hacia su primo, que lo recibió con los brazos abiertos y una sonrisa cansada.

—¡Cómo has crecido, muchachito! —Alek se estiró orgulloso. Durante la ausencia de Jean-Paul había crecido prácticamente un palmo y se había transformado en un saco de huesos. Los tíos se acercaron y se fundieron en un cálido abrazo con él. Cuando se separaron, todos tenían la mirada húmeda, emocionada.

—¿Has comido, hijo mío? —preguntó Vania a Jean-Paul—. Alekséi se estaba tomando una *vichyssoise*. ¿Te apetece a ti también?

—No sabes cuánto he extrañado tu *vichyssoise*, papá.

—Eso tiene fácil remedio, Jean-Paul. Id a sentaros y te serviré una buena ración de crema.

Alekséi volvió a sentarse frente a su comida, pero había perdido interés en ella y se dedicó a observar a su primo con toda la curiosidad del mundo. Los cambios más evidentes, además de la longitud del bigote, eran un aumento de la musculatura, apretada bajo su traje militar, y unas profundas ojeras de un tono violáceo.

—Pareces cansado, hijo mío —dijo Vania que también había reparado en la lasitud de su rostro.

142
—Ha sido un viaje muy largo, mamá; no te preocupes. De verdad que estoy bien.

—¡Cómo no voy a preocuparme, Jean-Paul! Estás tan lejos de casa y sabemos tan poco de ti. ¿Cuándo regresarás a París?

—Ya estoy en París —respondió algo exasperado.

—Me refiero a cuándo regresarás definitivamente, Jean-Paul.

—Vamos, mamá, déjalo ya… Tienes que entender de una vez que ahora soy un militar, un soldado al servicio de Francia, y no puedo decidir adónde voy, ni cuándo; otros lo deciden por mí. —Había algo en su tono y en las palabras que había elegido para expresarse que consiguió que todos se sintiesen incómodos y guardasen silencio.

Alek se vio incapaz de continuar tragando la sopa y se limitó a mirar cómo lo hacía Jean-Paul. La tía Vania se levantó, posó una mano sobre su hombro y siguió recogiendo las mesas en silencio. Cuando Jean-Paul terminó de comer, se fumó un cigarrillo —un vicio adquirido tras su alistamiento— y se retiró a descansar.

—Necesito dormir —les dijo, y nadie dudó de la verdad de sus palabras.

Jean-Paul durmió durante muchísimas horas, o eso le pareció a Alekséi, que rondaba la puerta de su habitación ansiando que le contase historias del ejército. La tía Vania también pasaba a menudo por allí y lo regañaba con indolencia por perder el tiempo en el pasillo. Alek sospechaba que ella estaba esperando lo mismo que él.

Cuando Jean-Paul abandonó su habitación, sonrió al ver a Alekséi jugando ante su puerta. Se acercó, le revolvió el cabello con un gesto cariñoso y se sentó en el suelo frente a él. Alekséi había dispuesto sus soldaditos de plomo en formación de ataque y Jean-Paul cogió la figurita que Alek había colocado como punta de lanza. La sostuvo entre sus dedos y la miró con detenimiento. Parecía pensativo y algo enojado. La volvió a colocar en el mismo lugar, pero tumbada, como si el soldadito hubiese muerto en combate. Alek sintió un escalofrío que le recorrió todo el cuerpo. Durante un instante, y sin saber por qué, se vio de nuevo huyendo de los osos mientras los gritos de su padre atravesaban la desolada estepa. Cerró los ojos con fuerza, a sabiendas de que aquellos recuerdos eran inmunes a cualquier estrategia. Se le ocurrió que tal vez las palabras lograrían espantar los malos augurios.

143

—¿Vas a contarme cómo es el ejército, Jean-Paul? —La voz le temblaba embargada de emoción. Su primo no contestó de inmediato. Cuando lo hizo, sus palabras sonaron lentas, reflexivas, como si llevase largo tiempo preparando la respuesta a esa pregunta.

—No es lo que pensaba, Alek. Francia es mi país y me siento orgulloso de ser francés, pero el ejército es una maquinaria torpe en manos de déspotas y burócratas. Temo lo que ocurrirá si vamos a la guerra…

—¿Tienes miedo de ir a la guerra? —preguntó preocupado pese a no haber entendido casi nada de lo que decía.

—Claro que tengo miedo, aunque moriré por Francia si es preciso. Ese es el deber de un soldado, Alekséi.

—No me gusta lo que cuentas del ejército, Jean-Paul… ¿No puedes dejarlo y volver con nosotros?

Jean-Paul sonrió, pero era una sonrisa triste, vacilante, y solo consiguió que Alekséi se sintiera aún peor. Guardó silencio durante unos segundos y luego le dijo:

—En la vida hay caminos que, una vez que los emprendes, no se pueden desandar. Ya tendrás tiempo de aprenderlo, Alek.

144

37

Casualidad

*M*argot atravesó el Cantábrico como si su regreso a España formase parte de alguna clase de penitencia por sus pecados. El buque en el que la embarcaron los ingleses —el primero en abandonar el puerto de Falmouth con destino a España— era un viejo carguero repleto de mercancías y, pese a las buenas intenciones del capitán, no había un camarote digno donde instalarla. Acabaron cediéndole el camarote del sobrecargo, pero no era más que un cuartucho inmundo, tan estrecho que resultó imposible introducir su baúl en el interior. Después de incordiar al capitán con sus exigencias, un marinero le trajo una mugrienta palangana y una jarra de peltre llena de agua para que pudiese acicalarse durante el viaje. Bajo esas incómodas condiciones, tachaba los días que restaban para llegar a España, mientras trataba de conservar una cierta gracia de espíritu y ganarse así el favor de la tripulación. Apenas faltaba un día para arribar a tierras españolas, cuando recibió una noticia inesperada que tuvo la virtud de aplacar su enojo.

—Mañana por la mañana fondearemos en El Musel —le dijo el capitán durante el almuerzo.

—¿El Musel? —preguntó Margot, pues creía que el barco atracaría en Vigo.

—Tenemos que recargar las carboneras —dijo asintiendo— y usted aprovechará para desembarcar. Creo que habrá personal de la embajada francesa aguardando su llegada, madame.

—¡Vaya! ¡Qué conveniente resulta que esté tan arreglado todo! —afirmó Margot tratando de disimular su malestar—. Disculpe mi ignorancia, capitán, ¿en qué lugar de España se encuentra el puerto de El Musel?

—En Gijón, una ciudad al norte del país. Recibimos un telegrama de la embajada anunciando que acudirán a recibirla al puerto.

—Gijón... —repitió Margot fascinada por la inesperada coincidencia: Gijón era la ciudad que había acogido a Thea. Parecía que el caprichoso destino les brindaba la oportunidad de encontrarse de nuevo. Y, sin embargo, una sombra se cernía sobre las palabras del capitán: los franceses la esperarían en el puerto y su afán por escoltarla, que podía confundirse con galantería, se asemejaba demasiado a una detención. Acababa de escapar de las garras de los ingleses y aquella carrera hacia delante tenía los mimbres de una huida.

Pasó otra noche en vela torturada por el incómodo camastro del sobrecargo y se levantó con el humor torcido. Se arregló como pudo en el minúsculo camarote, y se vistió con su mejor abrigo y el sombrero de fieltro tocado con una larga pluma negra. Se miró en el espejo de mano y su reflejo le devolvió la imagen de una mujer mayor, tan alejada de la diva que había conquistado los escenarios de media Europa, que apenas logró reconocerse. Sus manos comenzaron a temblar y puso el espejo boca abajo. No podía enfrentarse de nuevo a la imagen de esa desconocida. Recogió sus cosas, abandonó el camarote y subió a cubierta esperando que el viento fresco ahuyentase sus temores.

En cubierta, los marineros se afanaban en preparar el carguero para el atraque, y Margot sintió la necesidad de distanciarse de su ajetreo. El Musel era un puerto pequeño enclavado en la cortada de una montaña, un paisaje caótico de espigones, grúas y carriles de tren escoltados por una hilera de árboles raquíticos. Observó la costa desde la borda. Era un día gris de mediados de noviembre y el frío había ahuyentado la presencia de gente en el puerto, más allá del personal que se ocupaba de las maniobras para recargar las carboneras. A pie de muelle, distinguió a dos hombres ataviados con sombrero hongo y largo abrigo negro. Al instante supo que se trataba de su escolta: ambos habían adoptado los hábitos de vestimenta de los servicios de contraespionaje francés, fácilmente reconocibles para el ojo experto.

—Enseguida tendremos colocada la pasarela para que descienda a tierra, madame Zelle —dijo el capitán apoyándose en la barandilla—. Mis hombres se ocuparán de bajar su equipaje.

147

—Gracias, capitán. Ya veo que aguardan mi llegada —afirmó señalando hacia la orilla—. Será mejor que no les hagamos esperar.

Margot continuó en cubierta hasta que el capitán le comunicó que ya podía desembarcar. Al pie de la pasarela le tendió la mano sabiéndose observada por la delegación francesa. Era una forma sutil de recordarles que se encontraban frente a una dama por si en algún momento se les olvidaba.

—¿Madame Zelle? —preguntó el más bajito, como si pudiese albergar alguna duda sobre su identidad.

—Caballeros, les agradezco que hayan tenido la deferencia de venir a recogerme. Estoy segura de que me resultarán muy útiles durante mi estancia en la ciudad.

—Debemos escoltarla hasta Madrid, madame. Hemos recibido instrucciones de París.

«*Ya…, supongo que Ladoux me quiere en Madrid*», *se dijo para sí.*

—*Está bien, señores, iremos a Madrid. Pero me niego a viajar sin haber dormido una noche como es debido. Este maldito barco me ha molido los huesos. Hagan el favor de llevarme al mejor hotel de la ciudad.*

Los tipos cuchichearon entre sí hasta ponerse de acuerdo.

—*Madame Zelle, disculpe el atrevimiento, pero me gustaría hacerme una foto con usted* —*dijo el funcionario bajito haciendo un gesto hacia una cámara sostenida por un trípode.*

Margot torció la cara. La petición le resultaba por completo inoportuna. Todavía conservaba en su retina la imagen de la mujer mayor reflejada en el espejo de mano; aunque no había que desestimar jamás la fuerza de la costumbre: el afán de satisfacer a los demás, concebido como una forma de supervivencia, se había convertido en una parte inseparable de sí misma.

—*Será un placer* —*respondió con una sonrisa tan tiesa como su postura. Y allí, en el espigón del puerto de El Musel, en la ciudad de Gijón, Mata Hari se resignó a posar para la eternidad apoyada en su sombrilla.*

38

El Café Oriental

*H*abía dejado transcurrir un día entero sin atreverse a romper el hechizo tras el beso con Thea. Y no era solo por eso, también necesitaba tiempo para reflexionar sobre las consecuencias de aquel desatino, porque no iba a ser tan simple como para ignorar que aquello lo complicaba todo. ¿O quizás era su misión la que complicaba su historia con Thea? ¿Cómo podía profundizar en algo que se basaba en una mentira? Tenía mil y una contradicciones bullendo en su cabeza, así que decidió acercarse al consulado para agradecerle a Dumont su providencial intervención en la reyerta.

Fue un paseo en vano porque en las oficinas consulares no tenían noticias de él y Ferdinand estaba entretenido en una reunión con empresarios, así que no pudo recibirlo. Regresó a la pensión con la absurda idea de que no tenía otro lugar donde refugiarse. A punto de abrir el portal, percibió una presencia a su espalda.

—¿Alex?

—¡Thea! ¿Qué haces aquí? —Alex se acercó hasta ella y en un impulso le cogió las manos. Necesitaba comprobar que de verdad estaba allí y era completamente real.

—Estaba a punto de irme. Le pregunté a tu casera, pero

me dijo que hacía poco que habías salido. Pensé que tardarías en regresar…

—Estoy aquí —respondió con la certeza de que eso era lo único que importaba en aquel momento.

—Sí, estás aquí —afirmó embargada por la misma complacencia—. Mi tío ha preguntado por ti. Le gustaría mucho que lo visitases de nuevo.

—¿Y tú? —preguntó, resistiéndose a dejarse arrastrar por los convencionalismos sin oponer resistencia.

—¿Por qué crees que estoy aquí, Alex?

Alexandre sintió la necesidad de besarla de nuevo, pero estaban en mitad de la calle, rodeados de extraños.

—Me gustaría que pudiéramos hablar en un lugar tranquilo —dijo sin atreverse a reconocer que lo único que quería era besarla.

—Sí, quizás necesitamos hablar de verdad. Vamos. Conozco el sitio adecuado.

Thea lo condujo a través de la ciudad hasta llegar al principio de la calle Corrida; allí se detuvo ante un café bullicioso abarrotado de gente. Aquel era otro de los locales que le otorgaban a la ciudad ese aire parisino que parecía buscar a conciencia. A pesar de la elegante fachada —ornamentada con dos cariátides que flanqueaban el balcón de la primera planta—, Alex pensó que no daba la impresión de ser el lugar más propicio para hacer confidencias.

—El Café Oriental siempre está muy concurrido a estas horas, pero el encargado tiene devoción por Manuel desde que le curó los dolores de estómago. Nos dejará tomar el café en la parte de arriba y podremos estar a solas.

Thea se abrió camino entre el abigarrado espacio del café hasta alcanzar la barra e hizo un gesto para llamar la atención de un hombre vestido de negro y ataviado con una pajarita. El tipo se deshizo en reverencias y otras zalamerías, y Thea no tardó en regresar luciendo una amplia sonrisa.

—Podemos subir a la primera planta. Miguel se encargará de que nos lleven las bebidas.

Alex asintió y, atravesando el maremágnum de mesas y de oficinistas absortos en sus charlas banales, subió las escaleras detrás de ella hasta alcanzar la planta superior, donde un cartel anunciaba que permanecía cerrada a los clientes. Thea ignoró el cartel y se adentró en un salón iluminado por las vidrieras del balcón. La estancia, plagada de pequeñas mesas marmoladas, tenía la atmósfera melancólica de los lugares vacíos.

—Sentémonos en una mesa cercana al balcón —dijo ella, aproximándose al lugar elegido—. ¡Mira qué vistas tan hermosas! Desde aquí pueden verse el mar y las palmeras de los Jardines de la Reina.

Thea le mostró que, desde el balcón del Oriental, había una vista parcial del puerto que incluía las exóticas palmeras. Se sentaron a la mesa y aguardaron hasta que un camarero les trajo los cafés y unas pastas olorosas, cortesía de Miguel.

—Contigo tengo una sensación extraña —le dijo Thea en cuanto estuvieron a solas— y no consigo liberarme de ella. Desde que te conocí, me has salvado la vida un par de veces y no paran de sucedernos cosas insólitas, como si estuviésemos envueltos en una intriga de folletín. Apenas sé quién eres y lo que ocurrió hace un par de noches me desconcierta. No soy capaz de interpretarlo.

—Lo entiendo, Thea. Yo tampoco sé cómo enfrentarme a esto —respondió, tratando de ser sincero.

—Me gustaría saber más de ti —le pidió mirándolo a los ojos.

—Me resulta complicado hablar de mí... No he tenido una mala vida, no, pero hay episodios demasiado dolorosos para que me guste recordarlos.

—Todos hemos sufrido, Alex. ¿No crees que ese sufrimiento forma parte de lo que somos? Mi vida sería otra si mis padres siguieran vivos; seguro que ni siquiera habría dejado Holanda…

—Yo podría decir algo parecido. Si ellos vivieran, habría tenido una vida muy diferente.

—Un ruso parisino es algo que llama la atención, ¿no crees? No puedo negar que tengo cierta curiosidad por conocer tu historia —dijo Thea, achinando la mirada.

Alex le dio un largo trago al café como si pretendiese aunar valor. Sabía que había algo de novelesco en aquel viaje que comenzaba con la muerte de su padre devorado por los osos y terminaba con su papel de espía en una misión que podría determinar el curso de la guerra. Pensó que, si le contaba su verdadera historia, debería avanzar como si cruzase un puente a punto de derrumbarse, y detenerse cuando ya no pudiese ir más allá. Comenzó por el principio y, paso a paso, continuó hasta el día que lo cambió todo; hasta el día que le condujo al lugar en el que se encontraba ahora.

—Una tarde de septiembre, una tarde preciosa con un maravilloso cielo azul, recibimos un telegrama del ejército. Mi tía trajinaba en la cocina y me pidió que fuese a abrir la puerta. Allí esperaba un oficial muy joven que, al entregarme el telegrama, se cuadró ante mí. Ni siquiera fue capaz de mirarme a los ojos y se retiró con un aire de culpabilidad que me estremeció. Miré aquel sobre alargado y pensé en Jean-Paul. Mis manos temblaban al sujetar el sobre. No quería abrirlo y no quería entregárselo a mi tía porque sabía que le causaría un dolor terrible. Entonces, ella apareció en mitad del pasillo y me sondeó con la mirada; creo que nunca he sido tan transparente. Me arrancó el sobre de las manos y lo rasgó con tal violencia que estuvo a punto de destrozarlo. Jean-Paul había muerto en las primeras escaramuzas de la batalla de Aisne. Eran unas pocas palabras embalsamadas en condolencias que no les restaban ni un ápice de crueldad. Tiempo después, nos enteramos de que había cargado con sus hombres antes de ser acribillado por el fuego de las ametralladoras alemanas. No tuvo ninguna oportunidad de sobrevivir; le llenaron el cuerpo de maldito plomo alemán.

—¡Qué terrible debió de ser! Aunque estaréis orgullosos de su valor...

—No hay ningún honor en la muerte, Thea. Esa es la falacia que pretenden hacernos creer. No pudimos sentir orgullo por la muerte de Jean-Paul ni nos sentimos más honorables o más patriotas. Solo pudimos llorar su pérdida sabiendo que esta vez no regresaría a casa, sabiendo que esa sería su última batalla.

—Lo siento mucho, Alex. Ahora comprendo que no formes parte del ejército francés —dijo Thea como si al fin hubiese conseguido hilvanar todos los puntos de su historia. Alex asintió con una sonrisa tensa porque, en efecto, la muerte de Jean-Paul había cambiado su destino, pero no del modo en que Thea lo imaginaba. Jean-Paul había renegado de un ejército comandado por generales incompetentes que conducían a sus soldados a la muerte como si estuviesen hechos de plomo y no fuesen más que el juguete de algún niño. Sin embargo, había cumplido con sus órdenes y había atravesado el campo de batalla a lomos de su caballo sabiendo que la muerte no tardaría en alcanzarlo.

Los hombres no siempre hacen lo que se espera de ellos. A veces son capaces de hacer mucho más de lo que nadie esperaría de ellos.

39

El tío Paco

*U*na mañana de domingo la familia acudió al hipódromo, un lugar alegre, bullicioso, capaz de espantar las penas con su *joie de vivre*, y resultó un buen remedio para recuperarse de la tristeza por la ausencia de Jean-Paul. Alekséi, impulsado por el afán de emularlo, había insistido una y otra vez en su deseo de incrementar la frecuencia de las clases de equitación. El resultado había sido más que honroso. El profesor Villers —al que había rebautizado con el apelativo jocoso de Demitour por las muchas veces que repetía dicha expresión— les había recomendado que lo inscribiesen en las competiciones de salto: reconocía en él las habilidades de un campeón. Y no se había equivocado. Las paredes de su habitación lucían satisfechas las coloridas escarapelas de sus victorias hípicas. Pero el tío Paco —sin negar su orgullo por los logros de Alekséi— mantenía su predilección por las carreras de caballos. Le parecían un entretenimiento mucho más campechano, algo que maridaba mejor con su propia naturaleza.

—En la tercera carrera participará de nuevo Cordon Bleu. ¿Qué os parece si apostamos por él? Es el alazán que vimos correr hace un par de semanas…

—¿El que estuvo a punto de ganar? —cuestionó Vania con su descarnada ironía.

—El mismo, querida —respondió Paco frunciendo el ceño—. Estoy convencido de que hoy será su día. ¿Tú qué opinas, Alekséi?

—¿Podemos ir a las caballerizas? —preguntó viendo la oportunidad de contemplar de cerca los caballos y a sus jinetes. Los ejemplares que competían en el hipódromo eran los mejores de toda Francia, tan mimados como la *prima donna* de la Ópera Garnier.

—Me parece una gran idea. Así podremos comprobar la buena forma de Cordon Bleu. Tal vez nos encontremos con el viejo Clemont...

Clemont era el jefe de las caballerizas del hipódromo y uno de los clientes habituales de Le Vieux Andalou. Clemont veneraba el bistec poco hecho que Montes le preparaba todos los sábados: un plato sin pretensiones elaborado con la mejor ternera del país.

—Os esperaré en las gradas —les dijo Vania, que prefería el espectáculo al aroma de las cuadras.

Las caballerizas eran un lugar reservado a los fanáticos. No se trataba de un espacio accesible para el gran público —los espectadores se apiñaban en el graderío, los bares o las concurridas taquillas de apuestas—, pero los privilegiados que lograban acceder a ellas podían disfrutar de la auténtica expectación que precede a una carrera de caballos.

—¡Vaya, vaya! ¿A quién tenemos por aquí? —les dijo Clemont, que se plantó ante ellos arrastrando una pala. Era un tipo encorvado con el cabello de un color tan negro como artificial y vestido con una chaqueta de cuadros sobre el mono de trabajo.

—¡Clemont, viejo amigo! —lo saludó Paco efusivamente—. Venimos a ver los caballos antes de las apuestas.

Clemont sonrió, se encogió de hombros y los acompañó a la zona donde los caballos aguardaban el inicio de sus carreras.

155

—He oído que tu chico es buen jinete. Ya sabes dónde está el dinero —dijo haciendo un gesto en torno a sí—. Tal vez debería probar suerte con las carreras y dejarse de tantas florituras.

—Demasiado alto para correr, me temo; y tampoco creo que Vania lo permitiese: le preocupa que se haga daño.

—Pues es una verdadera lástima, amigo. Si es tan bueno como cuentan, seguro que triunfaría aquí. —Alek se irguió ante el cumplido de Clemont. Correr a lomos de un caballo, correr como si pretendiera cruzar todas las barreras, era una de las sensaciones más liberadoras que había experimentado nunca; pese a que Demi-tour creyese que había más mérito en saltar obstáculos—. ¡Mira! Ahí tienes a Cordon Bleu. Fíjate bien en él, Paquito. Dudo mucho que este caballo te dé las alegrías que buscas.

El tío Paco torció el gesto. Cuando tenía un presentimiento con un caballo, le molestaban los pronósticos fatalistas de Clemont. Alek había comprobado que prefería mil veces arriesgar sus cuartos que renunciar a su intuición. Paco se acercó a la valla y observó el corcel que coceaba inquieto el suelo terroso. Parecía nervioso, pero si el jinete contaba con el brío necesario para doblegarlo, aquello podía convertirse en una virtud.

—Eres muy agorero, amigo. Tan solo le veo brío y sabes bien que a mí me gusta la garra. Seguiré adelante con mi apuesta.

—¡Que Dios te conserve la vista, Paco! —dijo Clemont con cierta rechifla que solo sirvió para que el otro se empecinase más aún.

—¡Vale, anda! No te incordiamos más, que Vania nos está esperando en el graderío —dijo Paco palmeándole la espalda con contundencia.

—Venid a despediros cuando terminen las carreras.

Unas horas después —tras varios Cointreaux y una sucesión de apuestas bastante desafortunadas—, el tío Paco tuvo que admitir que su fe en Cordon Blue no estaba justificada. El alazán tenía un porte hermoso, pero le faltaba disciplina para competir. Se enfurruñó porque no le gustaba errar el tiro con los caballos y no quiso regresar a las caballerizas para despedirse de Clemont.

—Sabes que se burlará de ti cuando vuelva al restaurante, ¿verdad? —le dijo Vania guiñándole un ojo a Alekséi. El tío Paco emitió un gruñido indefinido y, dando el domingo por concluido, abandonó el hipódromo renegando de las apuestas y los malditos caballos. Alek y Vania se sonrieron sabiendo que no tardarían en regresar para volver a probar fortuna.

40

Una jaula de oro

*L*os funcionarios enviados por Ladoux se plegaron a sus deseos y la condujeron hasta el hotel Malet; el mejor hotel de la ciudad, tal y como ella les había exigido. Allí la recibieron con igual grado de sorpresa que de entusiasmo y la alojaron en una lujosa suite con vistas. Hasta la propietaria del hotel apareció para darle la bienvenida a su establecimiento cuando le comunicaron su presencia allí.

A pesar de todas sus gentilezas, Margot se sentía prisionera por el par de individuos que custodiaban su puerta y vigilaban todos sus movimientos. Cada vez estaba más nerviosa y, tras el incidente con los ingleses, la escolta forzosa tan solo conseguía exacerbar sus temores más oscuros. Sentía que su madre había errado el consejo: la cajita de nácar no podía contener sus miedos ni podía liberarla de ellos; y ahora se había convertido en una carga más de la que tendría que desprenderse.

—Thea... —dijo para sí, observando su rostro ajado en el espejo. Thea era una de las pocas personas en quien confiaba de verdad, y estaba allí, tan cerca, en algún lugar de aquella pequeña ciudad. ¡No debía ser tan difícil dar con ella! Recordaba el nombre del doctor que la había acogido: *Manuel Prendes-Lorenzo*, un prestigioso estomatólogo reconocido en todo el país. *Seguro que el botones del hotel podría hacerles llegar una nota; y los espías de Ladoux no se opondrían a que tomase el té con una inofensiva amiga.* Tomó una decisión y se apresuró a redactar el mensaje:

Querida Thea:

Estoy en Gijón y me alojo en el hotel Malet. ¿Recuerdas aquella conversación que tuvimos antes de separarnos? Parece que el destino se ha empeñado en reunirnos de nuevo y no deberíamos ignorarlo. Tendrás que venir a verme hoy mismo; me temo que mañana cogeré un tren a Madrid. Me gustaría alargar mi estancia aquí, pero reclaman mi presencia en la capital. Ya sabes que nunca somos libres por completo para elegir nuestro camino.

Te espero.

MARGOT

Dobló la nota, la guardó en un sobre y escribió el nombre del doctor Prendes en él. Llamó a recepción para que le subiesen a la habitación una botella de champán frío. Sabía que sus dispendios molestarían a los lacayos de Ladoux, pero sintió un pequeño placer en ello. El servicio del Malet era excelente y no tardaron en golpear la puerta de su habitación. Cuando abrió, se encontró frente al camarero del hotel y la mirada reprobatoria del tipo del sombrero hongo.

—En París me hice muy aficionada al champán —bromeó Margot—. Espero que esté bien frío.

—Prácticamente helado, señora —dijo el camarero señalando una cubitera con hielo.

—¡Excelente! Haga el favor de meterlo en la habitación y abrirme la botella.

Margot cerró la puerta en las narices de su escolta. Mientras el camarero estaba entretenido en abrir la botella, le dijo:

—¿Le gustaría ganarse una buena propina? —El camarero se detuvo un instante y sonrió.

—Mi política es que nunca hay que negarse a una buena propina, señora. ¿Qué hay que hacer?

—Algo muy sencillo. Le daré un sobre para el botones. Deberá entregar la nota sin demora. Le adelanto la mitad de la propina ahora, y el resto, cuando tenga la certeza de que ha sido entregada. ¿Qué le parecen un par de duros?

—¡Me parecen bárbaros, señora! Me ocuparé de que el botones se espabile. —Y como si fuese el modo de sellar el pacto, descorchó la botella en aquel preciso instante.

—Los de afuera no deben saberlo —le advirtió Margot temiendo que, sin pretenderlo, la delatara.

—Por supuesto, señora. La discreción es la consigna del Malet —respondió haciendo una reverencia.

—¡Hala! Pues aquí tiene el sobre y el primer duro.

El camarero sonrió, guardó el sobre en el interior de su levita y salió de la habitación empujando la mesilla. Cuando estuvo sola, se sentó en el sofá con vistas a la galería y se dispuso a disfrutar del excelente champán que, a buen seguro, serviría para acortar la espera.

41

Algo de verdad

*L*as horas habían transcurrido envueltas en la bruma de los recuerdos. No podría decir cuánto tiempo le llevó desgranar su historia, pero en el final —marcado por la muerte de Jean-Paul— sintió que se desinflaba bajo el peso de tantas emociones. Consciente de haberse abierto en canal, supo que debía detenerse ahí; lo contrario le llevaría a arriesgar demasiado. Thea lo observaba con una mirada acuosa, enternecida. Le sorprendió que ella, que había aparentado ser tan dura, pudiera conmoverse con su relato. Empezaba a sospechar que tras esa fachada fría se escondía un alma frágil y sensible.

—Te he contado todo sobre mí, pero apenas sé nada de ti —dijo con la esperanza de que su vulnerabilidad la desarmase.

—Yo también podría contarte muchas cosas, aunque todavía no estoy lista para hacerlo, Alex.

—Pero ¿lo harás? —preguntó cogiéndole la mano.

—Eso espero. Todo dependerá de lo que ocurra de ahora en adelante —añadió misteriosa.

—Al menos responde a una pregunta. —Sabía que no podía desperdiciar una oportunidad como esa.

—¿Solo una pregunta, Alex? Me temo que responder a una sola será mucho más difícil. ¿Qué quieres saber?

—Me preocupa todo lo que está ocurriendo a tu alrededor. ¿De verdad no sabes lo que buscaban esos hombres?

Thea se tensó en la silla y, por primera vez, se mostró confusa, incluso dudosa del camino que debía seguir. Cerró los ojos un instante, como si la oscuridad le permitiese elegir mejor las palabras.

—Todo lo que sucede a nuestro alrededor, de algún modo, forma parte de nosotros; y la gente que cambia el curso de tu vida deja un poso en ti que no puedes obviar. Tal vez piensas que esa guerra tuya me resulta extraña, ajena, pero no es así. Franceses y alemanes luchan en trincheras de barro sin atreverse a asomar las cabezas al otro lado; parece un conflicto lejano, tan distante como sus frentes, pero los traidores acechan por todas partes, incluso en este país con fachada de neutral. Mi lealtad es una y no conoce de presuntas injusticias, Alex; todos me resultan igual de miserables. Mi lealtad solo se debe a quien me ayudó cuando más lo necesitaba…

Alex asintió temiendo que, si ahondaba, si pronunciaba el nombre de Mata Hari, revelaría su juego y perdería todo lo que había conseguido. Sospechaba que Thea se refería a ella cuando hablaba de lealtades y traiciones, pero no conseguiría nada apelando a la superioridad moral de los franceses, a un supuesto derecho divino en la guerra. Conocía demasiado los entresijos de aquella historia como para engañarse: ningún amigo de Mata Hari ayudaría a los franceses. Habían sido injustos, desmesurados con ella; habían sido implacables con el único afán de alimentar a las fieras, de darles una satisfacción para que olvidasen los fracasos de una guerra que debía haber terminado mucho tiempo atrás.

—Si lo que ocurre tiene que ver con la guerra, confía en mí. No quiero que os suceda nada malo.

—Tendré cuidado; lo prometo —respondió. De pronto,

se mostró deseosa de abandonar la conversación. Consultó su pequeño reloj de pulsera y frunció el ceño—. Debo irme; mi tío aguarda mi regreso. ¿Tal vez podrías cenar con nosotros? Se enfadará si sabe que te he visto y no te he invitado. Extraña las conversaciones que mantenía contigo.

—Me encantará, Thea.

—¡Bien! Te esperamos a las nueve.

—Allí estaré —dijo, sin sospechar siquiera que le sería imposible cumplir con su palabra.

163

42

Fortune

*H*acía mucho tiempo que no sabía nada de Martine. El colegio había terminado y sus caminos se habían separado de un modo ineludible, al menos, desde la perspectiva de dos niños que no consiguen ver más allá. De vez en cuando, la recordaba con nostalgia: su rostro ovalado, sus ojos castaños y su cabello, suave y de un rubio ceniciento, y pensaba que jamás llegaría a conocer a otro ser tan hermoso. Se preguntaba si ella pensaría alguna vez en él o si su recuerdo se habría desvanecido para siempre. De manera que, cuando una jovencita de exquisita presencia se presentó ante él momentos antes de iniciar la competición de salto, tuvo que mirarla un par de veces antes de reconocer en ella a la pequeña Martine. Su belleza le provocó una sensación de vértigo desconocida hasta entonces. Decidió apearse de Fortune: desde allí arriba se sentía absurdamente vulnerable.

—¡Alekséi Bogdánov! ¡Qué sorpresa encontrarte aquí! —dijo tendiéndole la mano como una dama. Alek se la estrechó e hizo una pequeña reverencia, remedo de las que hacía Jean-Paul.

—¡Martine, cuánto tiempo sin saber de ti! Me alegra mucho volver a verte.

—¡Vaya, vaya! ¡Quién diría que el pequeño Alek iba a convertirse en un muchachito tan formal! —dijo Martine reprimiendo una sonrisa. Alekséi creyó detectar cierta ironía en sus palabras y sintió que se encendía en su interior. La competición estaba a punto de comenzar y necesitaba concentrar toda su atención en la yegua y en el complejo recorrido que debía afrontar. Sin embargo, no podía apartar la mirada del rostro de Martine.

—La competición va a empezar en cualquier momento —dijo deseando que sus palabras no sonasen a despedida.

—Tal vez podamos vernos después… —sugirió Martine, y, por primera vez, fue ella la que le pareció insegura.

—Me gustaría mucho —respondió antes de montar de nuevo a Fortune. Se alejó pensando que le iba a costar concentrarse en ejecutar los saltos sabiendo que Martine estaría observándolo entre el público.

Demi-tour se acercó hasta él y acarició las crines de Fortune. La yegua piafó de gusto y agachó la cabeza ante Villers. Alekséi seguía sin comprender qué percibían los caballos en su maestro, pero no podía negar su embrujo. Villers sonrió. Levantó una ceja con un gesto sarcástico que causaba estragos en la confianza de su pupilo.

—¿Quién era la señorita?

—Una antigua compañera de la escuela…

—Que te ha hecho una visita inesperada —lo interrumpió sin dejarle terminar—. Después de tanto tiempo, sigues sin entender qué necesitan los caballos —le recriminó Villers mientras observaba la silueta de Martine alejándose entre la gente—. Deberías centrarte en la competición si pretendes ganar esta manga.

Alek asintió dando una enérgica cabezada. Estaba allí por culpa de Jean-Paul; su admiración por él y el deseo de seguir su estela lo habían impelido durante todo el camino. Pero ahora estaba solo y, si no quería decepcionarlo, debía olvidar los nervios, los reproches de Demi-tour e incluso la inesperada aparición de Martine; sí, sobre todo la inesperada aparición de Martine. Hincó los estribos con suavidad y condujo a Fortune hasta el inicio del recorrido. La yegua era un animal tan soberbio como elegante y Alek se sintió contagiado de sus magníficas cualidades. El juez de pista le hizo un leve gesto de reconocimiento. Alekséi se preparó para competir. De pronto, las gradas se desvanecieron y el bullicio se esfumó. Los obstáculos aguardaban ante él como un desafío que debían afrontar ambos juntos: Fortune no podría hacerlo sin él y él no podría conseguirlo sin Fortune. Acarició la cabeza de la yegua y le susurró unas palabras al oído:

—Tú traerás mi fortuna, compañera. —Y convencido de la verdad que encerraban, se aprestó para saltar en cuanto el juez le diese la señal.

43

Un encuentro y un favor

El té se enfriaba en la adorable tacita de porcelana mientras Margot aguardaba la llegada de Thea. La leche había formado unas bolitas deformes que flotaban sobre la superficie de la taza y habían transformado la bebida en algo muy poco apetecible. El salón de café del hotel Malet vegetaba con una clientela tan exigua que Margot temió que su presencia allí acaparase toda la atención. Afortunadamente para ella, sus «escoltas» se habían aburrido hasta tal punto que la dejaron abandonada en el salón y ahora fumaban en el vestíbulo tratando de matar unas horas sobradamente muertas. Margot consultó el reloj: tan solo eran las seis, pero la oscuridad prematura se colaba a través de las cortinas llenando la habitación de pensamientos fúnebres. ¡Ojalá Thea llegase antes de que los sabuesos de Ladoux regresasen a buscarla! Extendió la mano hacia el bolsito de terciopelo que reposaba sobre la mesa. En su interior había escondido la cajita de nácar, custodia de una lista de nombres que pondría en jaque a los servicios secretos alemanes; una información que suponía una traición absoluta a los que habían sido sus principales valedores hasta el momento. Por eso no se había atrevido a entregársela a los franceses, aunque necesitaba* salvaguardar su destino poniéndola a buen recaudo. Tocó la superficie de la cajita a través del bolso y sintió una descarga que le atravesó el brazo. Una desazón absoluta se apoderó de ella y tuvo que hacer un esfuerzo notable para no gritar. Trató de tranquilizarse, pero el miedo no conoce de razones y le dio por pensar que quizás se equivocaba al pretender desprenderse de la lista.

—Margot, ¿eres tú?

Margot alzó la vista y se encontró frente al precioso rostro de Thea Reinder; ¡parecía tan joven y segura de sí misma! Se puso en pie y la abrazó con tanta emoción que estuvo a punto de romper en llanto. Cuando se separaron, la sujetó por los antebrazos y le dijo:

—Déjame verte bien. ¡No puedo creer lo hermosa que estás! ¿Cómo te trata el buen doctor?

—Es como un padre para mí. ¡Todo está bien, Margot! Y es increíble que estés aquí, en Gijón. Recibir tu mensaje ha sido una sorpresa maravillosa —dijo Thea, observándola con curiosidad.

—¿Recuerdas cuando te dije que el destino decidiría por sí solo si volveríamos a vernos? —preguntó invitándola a sentarse.

—Lo recuerdo, pero no lo creía posible...

—No parecía muy probable, ¿verdad? Verás, querida, siento muchísimo venir a quebrar tu paz, pero debo confiar en que las cosas ocurren por algún motivo, que existe una especie de plan divino que explica mi presencia aquí.

—Me estás preocupando, Margot. ¿Qué ocurre?

—Me temo que me he metido en un juego que me queda grande, demasiado grande. No tenemos mucho tiempo para explicaciones, Thea. En el vestíbulo aguardan dos franceses que tienen órdenes de llevarme hasta Madrid. Nos iremos mañana en cuanto amanezca. Pretenden que obtenga información de los alemanes...

—¿Quieren que los espíes? —preguntó Thea asustada—. Eso es muy peligroso. Debes negarte a hacerlo.

—Lo sé, lo sé, es demasiado complicado y no tengo tiempo para eufemismos. Sabes que he tenido que sobrevivir sola y que no ha sido nada fácil. Durante un tiempo acumulé deudas, tantas que estuve a punto de perderlo todo, y los alemanes me ofrecieron trabajar para ellos. Todo comenzó como una aventura emocionante, un desafío, pero me subí a un tren del que ya no pude bajar, del que ya no sé cómo bajar. Los franceses comenzaron a sospechar de mí, de mis viajes frecuentes, de mis contactos con oficiales del ejército... No tardaron en ofrecerme el mismo negocio que los alemanes y, para no despertar sospechas, me vi obligada a aceptar.

—¿Trabajas para ambos bandos? No puedo creerlo, Margot.

—¿Cómo vas a creerlo? Es una locura. A veces me siento como un mero títere cuyos hilos manejan otros. Creo que los franceses han descubierto mi juego y necesito protegerme de algún modo...

—Por eso me has buscado —dijo Thea adelantándose a sus palabras; le agarró la mano y se la estrechó con fuerza—. Dime qué puedo hacer por ti.

Margot extrajo la cajita de nácar del bolso de terciopelo. Unas filigranas negras y doradas decoraban la superficie. Las acarició con la yema del pulgar. Había pertenecido a su madre y era uno de los escasos objetos que conservaba de ella. En un instante fue dolorosamente consciente de que tal vez no llegase a recuperarla nunca. Hizo un esfuerzo por sobreponerse a unas emociones que, en parte, eran fruto del cansancio. Extendió la mano con la cajita colocada sobre la palma.

—¿Qué es?

—Lo que necesito que hagas por mí. Debes guardar la

caja en algún lugar seguro y no permitir que nadie sepa dónde está. El documento que contiene garantizará mi libertad si los franceses me detienen, pero no puedo llevarla encima por más tiempo. Si las cosas se tuercen, te escribiré para que me la hagas llegar de algún modo.

—¿Estás segura de que será suficiente para mantenerte a salvo? —*dijo Thea, cogiendo la caja con sumo cuidado.*

—No. No estoy segura de nada. ¡Espero que esta maldita guerra acabe cuanto antes! Entretanto, habré de conformarme con fiar mi fortuna a lo que ahora te entrego.

Thea la miró a los ojos y Margot pudo ver en ellos un miedo indescriptible. La removió aquella amistad sincera cimentada cuando ambas se habían visto inmersas en dificultades. Lo normal, lo habitual en aquellos tiempos tan descarnados como complejos, habría sido dar la espalda a los problemas del otro. Y eso era lo que más temía: verse sola y sin nadie a quien recurrir cuando necesitase ayuda. Se sintió inmensamente agradecida por la lealtad de Thea, a pesar de ser consciente de que sus aprietos la ponían en peligro.

—Debes prometerme que tendrás cuidado. Si algún día llega a saberse que guardas esta información, harán todo lo que sea necesario para conseguirla. No podrás confiar en nadie...

—Nadie lo sabrá —*respondió guardando la caja en el bolsillo de su abrigo—. Tu secreto estará a salvo conmigo.*

44

A ciegas

*D*urante el camino de regreso a la pensión, recorriendo las calles de la ciudad salpicadas por una lluvia perezosa, Alex pensó en lo cerca que parecía estar de alcanzar el éxito en la misión que le habían encomendado. Sin embargo, ¿cuántas veces había tenido esa sensación de acariciar el triunfo? ¿Y cuántas veces se había equivocado? La experiencia, toda una vida de fracasos y decepciones, había conseguido transformar la expectación en un manojo de nervios plagado de dudas y temores. Si cerraba los ojos durante un instante, era capaz de verse a sí mismo a lomos de un caballo, anhelando superar los saltos para lograr el premio y, apenas un segundo después, sentir la herradura del animal rozando el listón y derribándolo a su paso. Todas sus esperanzas se derrumbaban sin remedio. Lo cierto es que era mucho más sencillo así: fracasar siempre era más fácil, aunque después tuviera que enfrentar la dolorosa sensación de pérdida. Pero esta vez no podía permitirse errar: había demasiado en juego; esta vez no se trataba únicamente de su orgullo. El recuerdo de Jean-Paul, un recuerdo que durante mucho tiempo había silenciado para evitar el dolor, había sido su principal razón para aceptar la misión. No tuvo la oportunidad de hacer nada por él.

Nada. Su primo, casi un hermano, había muerto desangrado en mitad del campo de batalla sin que él supiera dónde estaba; sin que pudiera sujetar su mano y ofrecerle algún consuelo; sin que pudiera acompañarlo y cerrarle los ojos para despedirlo de este mundo. Pero ahora tenía la posibilidad de salvar a otros hombres tan valiosos como Jean-Paul, hombres con familias que sufrirían su pérdida como un calvario insoportable: viudas, huérfanos, madres privadas de sus hijos por una ley contra natura. Por eso era tan importante que no errase, no dar un paso en falso que quebrase de un hachazo todas sus opciones. Esta vez no tenía ningún derecho a fallar.

Sin darse cuenta, había llegado a la pensión y se apresuró a subir las escaleras agrandando sus zancadas. Antes de acudir a la cena, quería tomar un baño caliente que le sirviera para relajar el cuerpo y afinar su estrategia. La puerta de la pensión permanecía entornada y, al empujarla, chirrió de un modo siniestro. Alex se adentró en el recibidor, inusualmente oscuro. Doña Lucía acostumbraba a dejar unas lámparas de parafina al comienzo de la estancia, aunque no era así en esta ocasión. Pensó en llamarla a voces, pero le pareció una precaución ridícula y tampoco quería importunarla. Avanzó por el pasillo casi a tientas, apoyándose en la pared más cercana hasta alcanzar el lugar donde supuso que estaría la puerta de su habitación. Abajo, en la calle, la luz de una farola solitaria alumbraba un escueto recuadro del pasillo que apenas alcanzaba más allá de la ventana. Sacó las llaves del bolsillo de su abrigo y se disponía a abrir la puerta cuando escuchó un jadeo a sus espaldas. La sensación de peligro se transformó en certeza y se volvió hacia la penumbra en busca de la amenaza. Extendió las manos ante sí, pero tan solo consiguió palpar un vacío inquietante. Necesitaba una luz que iluminase de veras, así que trató de introducir la llave en la cerradura.

Mientras se agachaba sobre ella, recibió un fuerte golpe en la cabeza que le nubló el sentido y, antes de caer y quedar envuelto por la negrura tenebrosa, notó el cosquilleo de la sangre caliente deslizándose por su rostro.

173

45

Un futuro incierto

—Si continúa compitiendo así, tal vez consiga hacerse un hueco en el equipo olímpico —dijo Jean-Paul a Villers. El profesor de equitación torció el gesto con una expresión que evidenciaba su escepticismo. Observó como Alekséi superaba el último salto del circuito y, tras hacer unas anotaciones en su libreta, le dijo:

—Los militares conforman el equipo olímpico, Montes, y Alekséi es demasiado joven para concursar a ese nivel.

—Pero los he visto saltar y Alek tiene más talento que todos ellos. Sé de lo que hablo —respondió Jean-Paul un tanto empecinado.

—No negaré el talento de mi alumno: puedo verlo cada día. Sin embargo, el salto es una disciplina que requiere otras aptitudes. No basta con tener una habilidad innata.

—¿Qué es lo que insinúas, Villers?

Villers carraspeó y se golpeó las botas con la fusta. Sabía que Jean-Paul quería a Alekséi como a un hermano, pero su amistad le obligaba a ser sincero con él.

—Me gustaría compartir tu entusiasmo, amigo. Desde el primer día que me trajiste al pequeño Alek, vi que tenía una destreza natural para montar. Sus resultados están ahí, pero tan solo es un muchacho, poco más que un niño, y le falta temple para competir. Cuando comete un error, se desmorona. No está preparado para satisfacer tus aspiraciones. Debes concederle más tiempo.

—¿Mis aspiraciones, Villers? Solo quiero lo mejor para él, no tengo ningún interés personal en esto.

—Entonces, amigo, tengamos paciencia y dejemos que el árbol dé sus frutos.

Alek se acercó a lomos de Fortune y se detuvo ante ellos. Sonreía expectante, como si aguardase la valoración de ambos para sentirse plenamente satisfecho. Había conseguido completar aquel circuito tan complicado sin derribar ni un solo listón y ahora le apremiaba saber si había hecho un buen tiempo. Las expectativas volcadas en él eran muchas y no quería defraudarlas.

—¿Qué tal ha sido el tiempo? —preguntó a Demi-tour.

—Lo has reducido seis segundos —respondió Villers. Alek se apeó de la yegua y acarició sus crines mientras le susurraba al oído palabras complacientes.

—¿Será suficiente para ganar? —Villers se encogió de hombros y consultó su libreta como si fuese a encontrar la respuesta allí. Alek supo que se estaba preparando para una de sus reflexiones filosóficas.

—Ganar no es solo cuestión de tiempo. También depende de la actitud. Para conseguirlo, debes convencerte de que puedes hacerlo. Si no logras esa confianza, los obstáculos caerán tras de ti.

Alek asintió como el que oye llover y, cuando Demi-tour no miraba, elevó los ojos al cielo para mostrar su escepticismo. Llevaba entrenando un par de horas y sentía las piernas cansadas, abotargadas. Su mente fatigada hacía esfuerzos por huir de allí, por alejarse de metas y premios, de las ambiciones propias y ajenas. El rostro de Martine se apoderó de él y fue algo tan intenso como si estuviese allí, a su lado.

—Llevaré la yegua a las cuadras. Hoy se merece un buen

175

descanso —añadió palmeándola en el lomo. Villers asintió con un gesto que tenía algo de rendición y que era bastante habitual en él tras sus desahogos filosóficos. Jean-Paul fue tras Alekséi y, cuando este se detuvo, le dijo:

—Te acompañaré hasta las cuadras.

Caminaron en silencio hasta el cubículo de Fortune. Alekséi se entretuvo en quitarle la silla al caballo y, al terminar de hacerlo, consultó su reloj. Era un reloj de bolsillo que la tía Vania le había regalado en su último cumpleaños. En la tapa había colocado una fotografía de Irina cuando era niña —el cabello cortado a trasquilones y una sonrisa traviesa que desconocía el miedo—. El reloj se había convertido en su posesión más valiosa, aun cuando había abierto la caja de Pandora al mismo tiempo: no lograba imaginar en qué mujer se había transformado aquella niña; y la certeza de no llegar a saberlo nunca le colmaba de dolor.

176

—Me han ascendido a teniente —dijo de repente Jean-Paul. Parecía una buena noticia, era una buena noticia, pero sus palabras sonaron irrelevantes, como si en realidad se avergonzase de semejante honor. Alek, que conocía desde niño las contradicciones de su primo, se guardó unas felicitaciones que no serían bien recibidas. Jean-Paul no estaba allí para hablarle de su ascenso. Había algo más. Alek se dispuso a escucharlo.

—Los generales ansían la guerra. Hablan de ello con satisfacción, expectantes ante la posibilidad de que los austríacos, los alemanes, casi diría que no importa quiénes sean, nos reten a un enfrentamiento. No quieren seguir viviendo en paz. En la paz no hay lugar para la gloria: se apoltronan, engordan, enloquecen con el hastío… Me temo que lo conseguirán porque los otros lo desean más aún.

—¿Has venido para decirme que habrá guerra? —preguntó Alek inquieto por tanto fatalismo. Jean-Paul negó agitando la cabeza mientras miraba hacia el suelo. Cuando alzó los ojos y enfrentó la mirada de su primo, su rostro era la viva imagen de la desilusión.

—He venido a decirte que te mantengas lejos del ejército, que no busques seguir mis pasos. Me equivoqué, Alekséi. Me dejé arrastrar por conceptos tan grandilocuentes como el patriotismo, la bandera y el honor, pero las ideas tan solo son un pozo en el que acabaremos hundiéndonos si no hay hombres dignos que las sustenten. No cometas mis errores.

Alekséi se detuvo como paralizado a la puerta de la caballeriza, sin saber muy bien qué decirle. No encontraba palabras que le proporcionasen consuelo y Jean-Paul necesitaba una seguridad que no estaba en condiciones de brindarle. Su futuro era una incertidumbre huérfana de planes; se había dejado arrastrar por las aspiraciones de su tío, por los proyectos de Villers, pero su única certeza parecía ser Martine. Ella era lo único que ansiaba de verdad.

—No tengo intención de alistarme, Jean-Paul; aunque, si efectivamente tenemos guerra, todo cambiará. Lo sabes tan bien como yo.

Jean-Paul dio una patada que esparció la paja del establo a su alrededor. Era un gesto infantil que solo evidenciaba su frustración. Con las manos en los bolsillos de la casaca y como si no hubiera más que hacer ni que decir, se encogió de hombros. Alek jamás habría imaginado las palabras que pronunciaría a continuación:

—Tú no eres francés, Alek. Eres Alekséi Bogdánov; creciste en la estepa siberiana, tan lejos de todo esto que no les perteneces. Puedes hacer lo que quieras con tu vida, primo. No estás obligado a defender a Francia.

—No lo dirás en serio —respondió Alek apoyándose en la puerta—. No importa de dónde venga, y tú deberías saberlo mejor que nadie, porque mi hogar está aquí, con vosotros. Yo no deseo el conflicto, como dices que anhelan tus generales, Jean-Paul; pero si tenemos guerra, no escaparé de ella.

177

46

Mata Hari en Gijón

El tren estaba detenido en las vías de la estación del Norte, como aguardando su llegada. La habían conducido hasta allí en un elegante auto que el hotel ponía a disposición de sus clientes más ilustres. La propietaria, Juana Malet, salió a despedirla en persona y le agradeció efusivamente que se hubiese alojado en su hotel. Ante la puerta del Malet, se había congregado un grupo de curiosos de todo pelaje y Margot se preguntó cómo habrían descubierto su presencia en la ciudad. Desconocía por completo que la prensa local se había hecho eco de su estancia en Gijón con gran algarabía. Los lacayos de Ladoux siguieron sus pasos sin despegarse ni un solo instante, convirtiéndose en un cortejo tan lúgubre como molesto.

En la estación —vapuleada por una tormenta repentina y desagradable— la lluvia aportaba una disonancia que aspiraba a colmar el vacío de la espera: las gruesas gotas golpeando los tejados, los canalones de metal, los regueros encharcados. Margot se resguardó bajo la techumbre y, dejando a su séquito a cargo de las maletas, echó un último vistazo a la ciudad. Parecía un lugar muy triste bajo la lluvia, pero no quería recordarlo así. Hizo un esfuerzo por contener todas las emociones que, poco a poco, *devoraban su mundo sin dejar resquicio a la esperanza. Pensó en Thea, que ahora custodiaba la cajita, y sintió una punzada de remordimiento: el temor a haberse equivocado, aunque ahora ya no había marcha atrás.*

—¿Madame Zelle? El revisor nos ha confirmado que el tren a Madrid partirá en breve.

Margot asintió y, sin decir palabra, se dirigió al vagón de primera clase. Subió la escalerilla y, siguiendo al revisor, se acomodó en un compartimento que permanecía vacío. Sabía que los secuaces de Ladoux no tardarían en irrumpir para quebrar la paz del instante y, pese a ello, se dejó llevar por la añoranza del cielo azul, infinito y despejado que la esperaba en Madrid. Recordó las cenas con sus queridos admiradores, los romances repentinos, la posibilidad de dejarse querer sin sospechas ni rencores. No pretendía engañarse —sabía que la memoria, como una urraca, guardaba para sí los recuerdos más brillantes—, pero regresar a Madrid se le presentaba como lo más fácil que había hecho en mucho tiempo.

Los agentes de Ladoux aparecieron con sus trajes oscuros, sus sombreros hongos y sus bigotes y, silenciosos como monjes, se sentaron frente a ella. Margot acusó un hastío inmenso al tener que compartir el eterno viaje con los dos vigías. Echó mano de los periódicos que el mozo había dejado en el asiento de al lado: se trataba de prensa española de la que tan solo acostumbraba a leer algún titular que captase su atención, pero que serviría para refugiarse de las miradas de sus detestables acompañantes. Pasó varias páginas mientras oía de fondo los sonidos de la estación: los silbidos del revisor y la locomotora iniciando su recorrido.

Y entonces la vio. Vio la fotografía que le habían hecho en El Musel, en la que se mostraba guarecida, casi escondida bajo el sombrero de plumas y el abrigo negro, apo-

179

yada en la empuñadura de su sombrilla, con una camelia blanca rompiendo la severidad del oscuro atuendo. El pie de foto rezaba un escueto «Mata Hari en Gijón», pese a que la mujer de la fotografía no tenía nada que ver con la leyenda forjada a su alrededor; pese a no ser más que una matrona avejentada que pretendía simular una falsa opulencia. En un arranque de rencor hacia sí misma, arrugó la hoja del periódico y la tiró a un lado, como si con aquel gesto tan infantil pudiese desechar el dolor de ver que su estrella se apagaba poco a poco.

47

Al descubierto

Lo primero que apreció al despertar fue la pulsión de la sangre en su cabeza: era un latido primario, rudo, que lo absorbía todo. Después vino el dolor reclamando su propio espacio, tan intenso, tan descarnado que deseó regresar a la inconsciencia que había sido como un manto protector. Trató de incorporarse, pero descubrió que tenía las manos ligadas a la espalda y que, al moverse, el latido doliente se volvía insoportable. También sus piernas permanecían firmemente amarradas. Se resignó a dejar la cabeza quieta sobre el suelo polvoriento. Estaba entumecido y con los sentidos aletargados como si, aparte del golpe en la cabeza, le hubiesen inyectado algún narcótico. Hizo un esfuerzo por abrir los ojos y ver dónde se encontraba: ante sí un batiburrillo de trastos desechados, abandonados de cualquier modo; miró hacia arriba y, entre la penumbra que envolvía el lugar, distinguió unas vigas de castaño que sustentaban un tejado a dos aguas. Era evidente que lo habían encerrado en un desván, indefenso, como un perro apaleado.

—¿Alex?

Al escuchar su nombre sintió que la tensión se le disparaba y los músculos se le tensaban en un espasmo. Trató de localizar el origen de la voz. Miró en derredor, pero la oscuridad tan solo le revelaba las sombras de los bártulos.

—¿Alex? ¿Estás bien? —De nuevo la voz con un deje de preocupación; incluso diría que su tono le resultaba familiar.

—¿Quién eres? Lo siento, pero no consigo verte. —Y cuando apenas acababa de pronunciar aquellas palabras, la vio aparecer detrás de una columna. Thea se arrastraba por el suelo con las manos y las piernas amarradas por unas ligaduras de cuerda. El esfuerzo de acercarse la dejó agotada, sin aliento, y durante unos instantes se limitó a contemplarlo en silencio. Su rostro pálido, descolorido, parecía sacado de una de esas fotografías sepia que estaban tan de moda. En su mirada había una preocupación sincera y Alex se emocionó por ello. Hizo un nuevo esfuerzo por dominar la agitación que lo avasallaba por dentro.

—¡Thea! ¿Qué haces aquí? ¿Qué está pasando?

—No sé qué está pasando, Alex. Lo último que recuerdo es que estaba en casa de mi tío, que salí al jardín para recoger unas flores y que, cuando me agaché para cortarlas, alguien se abalanzó sobre mí y me colocó un pañuelo en la boca. Todo se volvió negro, me desvanecí y, cuando volví a abrir los ojos, me desperté en este lugar.

—¿Y desde entonces no has visto a nadie?

—Tan solo a los hombres que te trajeron, pero estaban encapuchados y ni siquiera hablaron entre ellos. Te tiraron como un fardo y se fueron. Tuve miedo de ellos y fingí seguir dormida.

—No puedo comprender…

—¿Por qué estamos aquí, Alex? —le preguntó. Él percibió la desazón que se escondía en sus palabras. La desconfianza había vuelto a apoderarse de ella como una marea que, en su inevitable avance, arramblaba con todo lo construido. Supo que, aunque jamás habría elegido aquel lugar y aquella situación, había llegado el momento de sincerarse, a riesgo de perder la oportunidad de hacerlo para siempre. Cuando, entre toda la confusión, buscaba las palabras con las que construir su relato, la puerta del desván se abrió y unos hombres armados con pistolas irrumpieron en la habitación.

—¡Vaya, vaya! Nuestros colegas han regresado al mundo de los vivos —dijo uno de ellos con un inconfundible acento alemán.

Alex lo observó con atención, iluminado por el resplandor que se filtraba a través de la puerta. Su rostro le resultaba familiar y, pese a ello, tardó unos segundos en reconocer al tipo con el que había tropezado en las escaleras del hospital: el hombre de los dientes amarillos y la mirada bicolor. El alemán se acercó hasta una distancia en que, con solo extender una pierna, podría patear el rostro de Alexandre. Alex trató de alejarse de él, pero el dolor agudo lo inmovilizaba más aún que las ligaduras.

—La soberbia de los franceses les hará perder la guerra —les dijo a sus secuaces encogiéndose de hombros—. ¡Mirad lo que han enviado para conseguir la lista de Mata Hari! —añadió pateándole el abdomen con una mueca de desprecio. Los esbirros le jalearon con una risa siniestra. El alemán cogió un quinqué e iluminó la zona donde Thea se escondía. Algo debió de ver en su expresión, porque sonrió mostrando la inquietante hilera de dientes amarillos—. Señorita Reinder, ¡qué grata sorpresa acaba de llevarse! Apenas puedo creerlo… ¿Quizás no sabía que su amigo es un detestable espía? —le preguntó agrandando su sonrisa de escualo—. ¿De verdad creía que su afecto era sincero? ¡Qué lástima, *Fräulein*! Habrá sido una decepción enorme. —Soltó un teatral suspiro y negó con la cabeza repetidas veces—. ¡Me temo que ya no podemos confiar en nadie!

—¡No le escuches, Thea! Son capaces de decir cualquier cosa para enfrentarnos —rebatió Alex desesperado.

183

—¿Acaso insinúa que miento, amigo? —preguntó el alemán asestándole otra patada—. Eso es lo que más me molesta de los franceses: ni siquiera saben lo que es el honor…

—¡Basta! —gritó Thea como si conservase algún poder en aquella situación. El alemán se aproximó y se agachó ante ella. Posando la luz en el suelo, cogió con delicadeza un mechón que se le había escapado del moño y lo colocó tras su oreja con sumo cuidado. Resultó un gesto tan íntimo, tan invasivo, que no pudo reprimir un escalofrío. La amenaza era tan patente que las palabras de después solo consiguieron plasmar sus miedos.

—Me decepciona, *Fräulein* Reinder. ¿Me equivoco… o fueron ellos los que asesinaron a su amiga? Mi paciencia tiene un límite, *mein lieber*,[10] y no querría verme obligado a destrozar su hermoso rostro. Les concederemos unos instantes para que se pongan al día, pero sepan que ninguno de los dos saldrá de aquí con vida hasta que la lista de Mata Hari obre en nuestras manos. —Y tras pronunciar su siniestro discurso, los dejó a merced de las tinieblas del desván.

10. Querida.

48

Abandonado

No sabría decir cuándo se le ocurrió por primera vez que el amor era una cerilla que se enciende con un chasquido, prende en una llama intensa y se apaga de repente. Lo que sí sabía es que, mientras la llama prende, el temor a que se apague impide llegar a disfrutarla por completo: el miedo es una ponzoña capaz de envenenarlo todo.

Cuando Martine le dijo que se iba a América como uno de esos emigrantes en busca de fortuna, sus emociones no le pillaron por sorpresa: sintió miedo, dolor y una enorme decepción. Y esa decepción tenía una doble faz: por un lado, el amor de Martine no era tan grande como había imaginado; por otro, tampoco él había sabido ser un hombre del que enamorarse hasta las trancas, un hombre que ella no quisiera abandonar jamás.

—Mis padres están convencidos de que Canadá será un lugar mucho mejor para nosotros. —El eterno estigma de su raza era la razón que habían esgrimido para justificar su marcha—. Nuestra familia en Alemania nos cuenta que pronto habrá guerra; y no será una guerra cualquiera: afectará a toda Europa…

Alek negó rotundamente y se acercó hasta la ventana. Desde allí se veían las luces de la ciudad: aparentaba ser una tarde cualquiera, ajena por completo a su desgracia. Le costó asimilar que la vida continuaba pese al dolor, que no se paralizaba como le ocurría a él. Si existía una mínima posibilidad de convencer a Martine de que no emigrase a América, no lo conseguiría a través de las palabras. Se angustió al recordar que, al día siguiente, partiría hacia Orleans donde debía participar en una competición de salto.

—Dicen que Canadá es el paraíso de las oportunidades; que cualquiera con tesón y algo de fortuna podrá labrarse un gran futuro allí —dijo Martine mientras su voz iba perdiendo fuelle.

Alekséi se molestó. Casi lo enfadó el discurso de Martine; le exasperaba tal grado de candidez. Sus padres habían hecho un buen trabajo revistiendo la absurda idea con los mimbres de una aventura. No le habían contado que la realidad era mucho más compleja, empezando por él, que quedaba abandonado a un océano de distancia.

—No puedo marcharme de Francia, Martine —le respondió, aunque esas no eran las palabras que habría elegido. Habría preferido hablarle del amor intenso que sentía por ella, de que no podría sobrevivir con el único consuelo de su recuerdo, pero su garganta se había quedado seca, huérfana de argumentos.

—Lo sé; eres demasiado joven para dejarlo todo. —Y había en su respuesta una prontitud que lo descorazonó aún más. Era una batalla perdida —la última— y, cuando se pierde una guerra, tan solo queda lugar para la rendición. Se apoyó en la ventana y miró más allá de las luces, más allá de las vidas de otros; y se encontró frente a su propio reflejo en el cristal: el rostro de un joven con la mirada vidriosa y una barba incipiente que ambicionaba una madurez de la que carecía. Sacudido por una revelación, comprendió que él jamás sería razón suficiente para que Martine se quedase en París.

—Espero que seas muy feliz —dijo enfrentándose a su rostro pálido y desconsolado.

—¿Me escribirás, Alekséi? Me gustaría saber de ti. —Martine se acercó, pero se detuvo a mitad de camino, como esperando que él recorriese la distancia que los separaba. Alekséi se mantuvo en su lugar: alargar aquella tortura le pareció un sufrimiento innecesario.

—Será mejor que te vayas, Martine. —Fue lo último que le dijo a su primer amor antes de verla desaparecer para siempre.

187

49

Codiciada

*M*adrid la recibió con los brazos abiertos y ese derroche de hospitalidad del que hacían gala los españoles. En cuanto pudo, se sacudió de encima a los lacayos de Ladoux —no resultaba conveniente arrastrar ciertas sombras si pretendía ser discreta— y se hospedó en el Palace. El hotel Palace, el más lujoso de la ciudad junto con el Ritz, era un edificio blanco y majestuoso dotado de una impresionante cúpula de cristal. Allí volvió a coincidir con los viejos amigos que no la habían olvidado. Apenas habían transcurrido unos días cuando advirtió que el peso que soportaba sobre sí empezaba a aligerarse. Desde la lejanía, las cosas se ven de un modo diferente y pierden parte de su tremendismo. En la distancia, la guerra cruenta y sanguinaria tan solo le dejaba el poso de una pesadilla, un malestar incierto que, poco a poco, se iba desvaneciendo. Con la acuciante sensación de peligro ocurría algo similar: bajo el cielo límpido y reluciente de Madrid, sus miedos perdían nitidez revistiéndose de absurdo. ¡Ojalá hubiese sabido refugiarse en esa paz! Pero no era más que un peón atrapado en las conjuras de otros.

Una mañana de diciembre, mientras desayunaba en la cama de su habitación del Palace, oyó unos discretos golpes en la puerta. Se levantó, se echó un fugaz vistazo en el espejo y abrió la puerta. Al otro lado aguardaba un botones del hotel con su uniforme reluciente y una expresión a juego.

—Tengo una carta para usted, señora —dijo haciendo una pequeña reverencia. Margot agarró unas cuantas monedas de una mesita laqueada y se las entregó al muchacho. Apenas cerró la puerta, rasgó el sobre que tan solo llevaba el nombre de su destinataria escrito con una letra inclinada y fría.

Querida Frau Zelle:

Con gran placer hemos sabido de su regreso a Madrid, aunque estamos algo decepcionados, déjeme decirlo, porque una buena amiga como usted aún no nos haya visitado. Estamos convencidos de que, como en otras ocasiones, tendremos mucho de que hablar. Aguardamos con ansia su visita.

CORONEL VON KALLE

Margot arrugó el ceño e hizo una bola con la misiva de Von Kalle. Los alemanes exigían su trozo del pastel. Cuando llegó a Madrid escoltada por los secuaces de Ladoux, tuvo que visitar al coronel Denvignes,[11] un militar arrogante que trató de seducirla con aquella zalamería francesa que para entonces le resultaba tan molesta. Denvignes, entre halagos y cumplidos, le recomendó que no postergase la visita a sus «amigos» alemanes. Necesitaban toda la información que pudiese proporcionarles y, sin demasiada sutileza, le recordó el alto precio que habían pagado por sus servicios. El coronel le dio un dosier de

___
11. Jefe del servicio secreto francés en Madrid.

documentos que debía entregar al enemigo: información de escasa relevancia destinada a probar su lealtad. Margot abandonó la embajada liberada de su escolta —al menos, en apariencia—, pero no le acució la necesidad de visitar a los alemanes de inmediato. Había finalizado un viaje repleto de amenazas y peligros, y necesitaba distanciarse de aquellas intrigas siquiera por un tiempo.

Rompió la carta en pedacitos y consultó el reloj. Tenía una cita pendiente con el senador Junoy que no pensaba cancelar. Emilio era un amigo fiel y, en tiempos tan convulsos, podría llegar a necesitar la ayuda de alguien como él. Por un instante se planteó si le convendría apurar la entrevista con Von Kalle o hacerse de rogar. La epístola tenía un tono amable, casi afectuoso, pero no dejaba resquicio a las dudas: los alemanes reclamaban su presencia en la embajada. Se vio como una de esas sogas de esparto de las que tiran por ambos lados: tensa y vacilante; pero, llegados a este punto, tal vez no tuviese más opción que dejarse arrastrar hacia el lado que tiraba con más fuerza.

190

50

Se acabó la farsa

*I*gnoraba de cuánto tiempo dispondrían hasta que los alemanes regresasen de nuevo. El día despuntaba y una nueva madrugada alimentaba de luz las esquinas del desván. Le habría gustado ver a Thea, estudiar sus emociones, pero ella se ocultaba de él con el rostro vuelto hacia otro lado, la mirada detenida en una pared desnuda.

—Lo siento, Thea. ¡Ojalá hubiera podido ser sincero! —Sus palabras resonaron entre las cuatro paredes y hasta a él le parecieron absurdas. El silencio se alargó y, cuando comenzaba a pensar que ella nunca lo rompería, la oyó hablar. Apenas era un susurro.

—Margot me lo advirtió: me dijo que seríais capaces de cualquier cosa; y no se equivocaba.

—¡No! —respondió desesperado—. ¡Jamás te engañaría con algo así! Lo que siento por ti es auténtico. Vine a Gijón para obtener los documentos que Mata Hari te dejó. Lo admito: ese era mi objetivo. Pero te encontré y, pese a todos mis empeños por evitarlo, me enamoré. Comprende que estamos luchando por salvar las vidas de muchos hombres, de hombres que morirán en el campo de batalla, como le ocurrió a Jean-Paul. No podía mirar hacia otro lado. No podía hacerlo…

—No te atrevas a utilizar la historia de tu primo. ¡Es tan rastrero y miserable! No conseguirás engañarme de nuevo —dijo mirándolo por primera vez. Sus ojos estaban empañados por las lágrimas, aunque eran lágrimas de rabia, no de pena. Le sorprendió la enorme fortaleza de Thea a pesar de encontrarse en unas circunstancias tan adversas.

—No quiero engañarte nunca más —le dijo mientras trataba de forzar las ligaduras. El dolor regresó con toda su intensidad y le sobrevino una náusea en la boca del estómago. Estaban en manos de enemigos y ni siquiera contaba con su cuerpo para defenderse; y, lo que era aún peor, no podría salvar a Thea. Había llegado el momento de sincerarse por completo. Tal vez no tendría otra oportunidad de hacerlo. Trató de serenarse, de elegir las frases adecuadas para expresar sus emociones—: Sé lo falso que parece todo; sé que para ti no hay buenos ni malos, que tan solo somos hombres sin escrúpulos con el único objetivo de ganar una guerra absurda. Te pido que lo olvides, Thea; te pido que olvides todas las mentiras, todos los silencios. Lo único que quiero decirte ahora es que mis sentimientos por ti son sinceros...

—Ya no importa, Alex. Es demasiado tarde. —Su voz sonaba cansada, apagada.

—Por eso, Thea. Ya es demasiado tarde para mentir. Ahora tan solo importa salvarte a ti.

—¿Qué quieres decir?

—Debes entregarles los papeles de Margot. Es la única posibilidad que tienes de salir de aquí. Olvídalo todo y mantente a salvo.

—¡Tú estás loco! No lo haré. No la traicionaré —gritó con la voz ronca de emoción—. Además, no servirá de nada: me matarán en cuanto tengan la lista en su poder.

—No sería una traición, Thea. Margot jamás habría querido que murieses a causa de esos malditos papeles.

—No te atrevas a hablar de Margot, Alex. No sabes nada de ella. Crees, como el resto, que solo era Mata Hari, una intrigante sin escrúpulos. Pero Margot era mucho más que eso. Ella me salvó, ¿sabes? Me ayudó cuando estaba sola y desesperada. Esa era una situación que ella misma conocía demasiado bien: una mujer sola y desesperada. ¿Puedes llegar a entender cómo es vivir así? ¿Puedes comprender lo difícil que es sobrevivir en un mundo de hombres?

—Pero fue demasiado lejos…

—¿Demasiado lejos? No; no te confundas. Margot no era francesa ni alemana ni le debía lealtad a ningún bando.

—Era una mercenaria. Lo entiendo. Pero al jugar en ambos bandos, asumió un riesgo demasiado alto. Eso fue lo que la mató… —La risa de Thea, un sonido roto y amargo, detuvo sus palabras.

—No lo entiendes, Alex. Y es inútil tratar de explicártelo porque estás amarrado por tus prejuicios. No fue ella, no fue culpa de ella; fuisteis vosotros, franceses y alemanes: la utilizasteis y después la traicionasteis.

—Está bien, Thea. No conseguiremos nada hablando de Margot y apenas nos queda tiempo. Debes darles lo que buscan o moriremos en este desván inmundo. —Un silencio profundo siguió a las palabras de Alexandre solo interrumpido por el latido de su sien, la sangre pujando por escapar; el roce del vestido de Thea, los pasos de algún animal entre los bártulos del trastero. En ese silencio rezó para que ella eligiese vivir por encima de sus absurdas ideas de lealtad.

—Lo haré. —Y sus palabras sonaron a rendición, a una derrota masticada y tragada a duras penas. Alex quería consolarla, decirle que hacía lo correcto, pero no hubo tiempo para ello. Antes de que pudiese abrir la boca, los alemanes irrumpieron en el desván con el tipejo de la mirada bicolor al frente.

—Vaya, vaya, *Fräulein* Reinder, estamos ansiosos por recuperar lo que nos pertenece. Resulta grato comprobar que un poco de expiación sirve para devolver la cordura, ¿no cree? Bien…, no perdamos más el tiempo. ¡Pónganla en pie! —les dijo a sus secuaces; y, acercándose a un palmo de su rostro, añadió—: Si quiere verlo de nuevo, llévenos hasta los documentos de *Frau* Zelle. —Y antes de sacarla de allí a rastras, como si pretendiesen recordarle que la vida de Alex dependía de ella, le arrearon una patada que le hizo rebotar la cabeza contra el suelo.

51

Infortunio

La partida de Martine arrastró consigo una parte del espíritu de Alekséi. No tendría que haber sido así, tenía que haber seguido con su vida, con los estudios, los entrenamientos, los concursos... Haber continuado con el día a día; lastrado por cierta tristeza, quizás, pero nada más. Los suyos habrían entendido algo así. Lo que no podían entender, tal vez porque tampoco se había molestado en explicárselo, es que de un día para otro lo abandonase todo. Se encerró en sí mismo y se apartó del mundo con una obstinación que sobrepasó los esfuerzos de Vania, de Paco y hasta del bueno de Villers. Cada uno de ellos quiso sacarlo de su aislamiento, recordarle que no podía dilapidar su vida, pero resultó un esfuerzo tan inútil como agotador. Terminaron por rendirse, o al menos eso pareció, y él agradeció como un regalo la rendición. Le otorgaba permiso para esconderse en su amargura, deleitarse en ella. Sufrir a gusto se convirtió en una especie de liberación.

Una tarde de noviembre, gélida y oscura, salió a pasear por un parque cercano a su casa. Se trataba de un lugar tranquilo y las hojas de los árboles formaban un espeso manto que amortiguaba el sonido de sus pasos. Apenas había gente caminando por allí: el tiempo ventoso y desapacible desanimaba a los parisinos. Para Alekséi, el abrazo de la soledad era un reflejo de la fatalidad que se respiraba en la ciudad y que casaba muy bien con su estado de ánimo. Los rumores sobre la inminencia de una guerra copaban las portadas de los periódicos y sus sesudos editoriales, y las conversaciones en los cafés estaban plagadas de una densa animadversión hacia austríacos y alemanes que nadie pretendía disimular. Parecía tan ineludible que, paradójicamente, inducía cierta euforia en las calles: los franceses deseaban ganar la guerra y humillar a sus enemigos. Jean-Paul le había escrito una larga carta relatándole sus miedos, miedos añejos, viejos conocidos, pero no por ello menos desoladores. El sufrimiento moral de Jean-Paul le causó un hastío infinito y ni siquiera llegó a terminar la carta: la dejó abandonada en un rincón como había hecho con el resto de su vida.

La ventisca fría y desangelada le recordó que había llegado la hora de regresar. Dejó atrás el parque y caminó por el amplio bulevar que conducía hasta Le Vieux Andalou y su hogar. Como un anuncio de tan anhelada guerra, algunos balcones lucían la bandera tricolor de Francia ondeando bajo el viento otoñal. Apuró el paso impulsado por la idea de cenar una de las deliciosas sopas del tío Paco que le permitiese entrar en calor, cuando un bullicio repentino captó toda su atención: un coche de caballos había volcado tras atropellar a un hombre que yacía tendido en el suelo, mientras un grupo de personas se agolpaba alrededor. Alek se acercó a los curiosos y, entre ellos, vio a Gerard Desmond, un viejo contable que cenaba a diario en el bistró.

—¿Qué ha sucedido, Gerard? ¿Es alguien conocido? —preguntó Alekséi. Desmond lo miró a los ojos y frunció el ceño; su rostro estaba pálido y sobrecogido como si estuviese frente a un fantasma. Lo sujetó del brazo y apretó con fuerza. Alek sintió un dolor que era mucho más que físico.

—Lo siento, Alekséi. No sabemos cómo ha ocurrido…
—dijo antes de romper en llanto. Aún trató de retenerlo, de
apartarlo allí, pero Alek se deshizo de él y, avanzando entre
la gente, llegó hasta el lugar donde reposaba el cuerpo del
tío Paco rodeado de un charco bermellón. Se arrodilló a su
lado y la humedad de la sangre le atravesó la tela del panta-
lón. No le importó, pero el frío lo devolvió a Siberia, al día
en que perdió a su padre y se quedó solo frente a la muerte.
Allí, agachado junto a su tío, pensó que la desgracia es una
bestia que nunca se harta de cebarse.

52

La decisión

Cuando miramos hacia atrás y nos entretenemos en estudiar el pasado como algo maleable, algo que podríamos cambiar de haber actuado de modo diferente, siempre encontramos un punto de inflexión, un momento que parece cincelado por la fatalidad para conducirnos hasta nuestro destino. ¿Por qué tomamos esa decisión? ¿Por qué elegimos ese camino? Nos empeñamos en buscar respuestas que rara vez aportan paz, incapaces de encontrar consuelo en nuestra ineptitud, en nuestra incapacidad para tomar las decisiones acertadas. Somos humanos y erramos y está en nuestra naturaleza equivocarnos: esa es, quizás, la única explicación posible.

El telegrama de Ladoux llegó una tarde de diciembre. Hacía días que aguardaba instrucciones de París, pues Denvignes le había anticipado que tenían una misión para ella. Von Kalle parecía empeñado en que regresase a Francia, así que los deseos de unos y otros habían adquirido una singular confluencia. El telegrama era escueto y descarnado, fiel reflejo de su emisario, y tan solo le transmitió que debía regresar. No contenía ninguna explicación sobre la naturaleza de su misión, aunque en cierto modo resultaba comprensible. Pensó en la conversación que horas antes había mantenido con Junoy. El senador regresaba a Barcelona y, mientras tomaban el té bajo la pérgola del Palace, le propuso ir con él.

—En Barcelona estará segura y vivirá como una reina —afirmó como si dudase de que París pudiera ofrecerle lo mismo. Margot paladeó el delicioso té del Palace y sonrió. Emilio le abría una puerta, una posibilidad, y no pensaba desdeñarla a la ligera.

—Estoy esperando noticias de París, querido. Aunque no tardaré demasiado en darle una respuesta —le dijo. Emilio asintió complacido antes de retirarse.

Podía irse con Junoy a Barcelona y refugiarse de la guerra y de los interminables complots; dejar atrás la retorcida vida que había conocido hasta entonces. ¿O tal vez se engañaba al pensar así? El senador acabaría por aburrirse de ella —ya había sucedido con otros— y se vería acuciada por la miseria, la peor de las pesadillas. Había construido, con valor y esfuerzo, una vida que le proporcionaba los lujos que siempre había ambicionado, mas era consciente de que pendía sobre un precario equilibrio plagado de peligros. Sin certeza alguna sobre su futuro y pese a ello, debía tomar una decisión. De pronto, se sintió mayor, demasiado vieja para verse acosada por la incertidumbre. Pensó en lo maravilloso que sería encontrar la paz; un remanso donde cobijarse en los años venideros. Se le antojó un futuro envidiable, algo así como alcanzar el cielo. Pero debía ser realista con lo que codiciaba: en su mundo abundaban los infiernos más que los cielos. Lo sabía porque ya los había conocido antes.

53

La sangre de Cristo

*R*ecorrieron las calles de Gijón, envueltas en una bruma densa y pegajosa. La noche había caído sobre ellos como decidida a tomar partido por los alemanes y pretendiendo emboscar sus planes. Mantuvieron a Thea con las manos atadas y los ojos vendados mientras atravesaban la ciudad. Dejaron el automóvil aparcado en las inmediaciones de la farmacia. Antes de abandonar el vehículo, el espía de la mirada bicolor la encañonó con su Luger y, sujetándola del brazo, le dijo:

—No dudaré en disparar si se atreve a abrir la boca para pedir ayuda. Saldremos de aquí con los documentos en la mano o con un hermoso cadáver: la elección es solo suya. —La arrastró hasta la puerta que conducía a la rebotica y le desató las manos. Thea tenía los dedos entumecidos y le costó encontrar la llave que guardaba en un bolsillo del gabán. La puerta se abrió a una oscuridad profunda hasta el instante en que accionó el interruptor que daba vida a las bombillas del almacén. Una luz amarilla y borrosa iluminó una estancia alargada amueblada con anaqueles de madera que ascendían desde el suelo hasta el techo. Las repisas estaban repletas de vasijas, frascos y tarros de colores que evocaban una sensación de *horror vacui*. La condujeron a

empellones hacia el centro del habitáculo mientras la siniestra risa del cabecilla animaba el cortejo.

—¡Qué sagacidad, *mein lieber*! Jamás habríamos imaginado que escogería un lugar como este para esconder la
lista de la traidora. La felicito. Es una lástima que haya
elegido a los socios equivocados —le reprochó con burla.

—¡Margot no era una traidora! —respondió Thea escu-
piendo sus palabras con desprecio. El alemán se acercó a ella
y sonrió mostrando su dentadura amarilla. Fascinada por la
repulsiva boca, no vio venir el golpe que la dejó sin aliento.

—No me obligue a ser malvado, *Fräulein* Reinder, por
favor. Usted me gusta demasiado —le dijo agarrándola del
pelo—. Coja la maldita lista y pongamos fin a todo esto.

Thea se apartó de él y se apoyó en un estante mientras
trataba de recuperar el resuello. El corazón le latía como si
buscase escapar del pecho. La cajita de nácar aguardaba escondida en uno de los recipientes del anaquel y apenas debía estirar el brazo para entregársela a sus captores. Margot jamás llegó a reclamarla de vuelta y, tras su muerte,
Thea comenzó a ser consciente del peligro que suponía. La
había escondido allí convencida de que tarde o temprano
sabrían de su existencia y la buscarían en su casa. Pretendía mantener a Prendes alejado de aquellos complots fu-
nestos que habían terminado con la vida de su amiga, pero
carecía de los recursos necesarios para manejar el destino a
su antojo; y ahora era demasiado tarde para ella. Se agachó
y cogió la pequeña escalera que utilizaba para alcanzar los
estantes más elevados. Subió los dos peldaños y agarró el
tarro de fumaria, la planta conocida como sangre de Cristo
que utilizaba para preparar ungüentos cutáneos. Sabía que
Antón, su compañero en la botica, jamás tocaría la fumaria
ni cualquiera de las hierbas que asociase a algo tan banal
como la cosmética. Descendió los escalones y posó el recipiente sobre la superficie de la mesa donde preparaban los

201

específicos. Despacio, como si pudiese postergar lo inevitable, levantó la tapa del recipiente, introdujo la mano y, tras apartar la hierba, sacó la cajita de Margot. «Es un lugar demasiado pequeño para esconder tanto miedo», pensó recordando la historia que le contó su amiga. El alemán se acercó de nuevo esgrimiendo su sonrisa maligna.

—¡Vaya, vaya! La vida está repleta de sorpresas… —Y antes de que pudiese terminar su frase, la luz se esfumó plegándose a las tinieblas. Thea sujetó la caja con firmeza mientras una fuerza bruta la empujaba contra los estantes. El ruido de golpes, disparos y recipientes estrellándose contra el suelo la impulsó a avanzar a ciegas para resguardarse en una esquina de la trastienda. Le llegaron gritos en alemán, aullidos de dolor, la confusión reinando a su alrededor. Se cubrió el rostro con los brazos y rezó por que ninguna de aquellas balas perdidas que silbaban en la oscuridad la alcanzase. Y, de pronto, se hizo la luz para revelar el caos: mesas volcadas, recipientes rotos en mil pedazos que dejaban un rastro de hierbas cuyo olor se expandía por todas partes. Alguien se acercó hasta la esquina donde se escondía y se inclinó sobre ella.

—Tranquila, *mademoiselle* Reinder, somos aliados de Bogdánov —susurró Dumont, que había logrado derrotar a los alemanes sin que el sombrero se le moviese de la cabeza. Guardó la pistola humeante en un bolsillo del abrigo, se atusó el bigote engominado y la miró con intensidad—: Creo, *mademoiselle*, que tiene algo para nosotros.

Thea, que seguía encogida en una esquina de la rebotica, lo observó con curiosidad. Era el tipo que había intervenido en la pelea cuando los alemanes trataron de secuestrarla por primera vez. Había sido muy ingenua al no saber interpretar todas las señales… Pero ya no importaba: el juego había terminado. Estuvieron a punto de matar a Prendes, habían estado a punto de matarla a ella, y todo por mantener una promesa hecha a alguien a quien ya no podía importarle nada de lo que ocurriese en un mundo desquiciado. La lista de nombres debió ser un salvoconducto para Margot, pero ya no había nada que salvar. Apretó la mano en torno a la cajita de nácar y las aristas de metal se le clavaron en la piel. Se había aferrado de manera absurda a un ideal de lealtad frente a la rabia de saber que no había conseguido salvarla. Era momento de liberarse del lastre y proseguir con su vida, de alejarse de una guerra que no le pertenecía y de todos los que se alimentaban de ella. Extendió la mano hacia Dumont con la cajita apoyada en la palma. Dumont exhaló un suspiro, asintió levemente y cogió la caja. Se acercó a Ferdinand, que aguardaba en la retaguardia vigilando a los alemanes, y la abrió. Sacó el papel que contenía y lo desplegó mostrándole a Ferdinand la lista de espías y traidores que habría de decantar la marcha de la guerra a favor de Francia. Dumont volvió a guardar el documento en el interior de la cajita y se volvió hacia Thea:

—Ahora, *mademoiselle*, tan solo nos queda una cosa por hacer —le dijo mientras se metía la mano en el bolsillo. Thea creyó que sacaría la pistola y acabaría allí mismo con su vida: a fin de cuentas, no era más que un cabo suelto del que librarse. Cerró los ojos y pensó en Alex; se preguntó si él sabía lo que ocurriría ahora, si todo formaba parte de sus planes. La mano de Dumont se posó sobre su hombro y no pudo evitar estremecerse—. Tranquilícese, *mademoiselle*, está a salvo con nosotros; es Bogdánov el que me preocupa… —dijo esbozando algo parecido a una sonrisa.

54

Desolación

Caminaron juntos bajo una lluvia inmisericorde. Alekséi notaba el frío y la humedad apropiándose de todo y su dolor le llevó a pensar que ese era el trasfondo que dejaba la muerte del tío Paco: que arrastraba la alegría hasta la sepultura y los dejaba huérfanos de ella. Jean-Paul avanzaba a su lado sujetando un paraguas negro, inmenso, con el que cobijaba los pasos de su madre. Cada uno de esos pasos, cada avance, los acercaba a la tumba de Francisco, donde esperaban el ataúd y el hoyo que lo acogería soportando el aguacero como si no tuviese nada que ver con ellos. Se colocaron juntos a un lado de la tumba abierta y el resto de la comitiva se refugió a su espalda. Entre el silencio que aguardaba la llegada del sacerdote, sonó el retumbar de un trueno y Alekséi se dio cuenta de que algunos asistentes se encogían bajo el paraguas. El párroco llegó arrastrando la sotana por el barro; se asemejaba a un cuervo negro, símbolo de mal agüero, pese a que no era él quien había traído la desgracia, sino que solo venía a constatarla. Abrió la Biblia y colocó la cintilla roja entre las páginas del Eclesiastés. Carraspeó con una tos rasposa antes de comenzar a hablar:

—«Hay un momento para todo y un tiempo para cada cosa bajo el sol. Un tiempo para nacer y un tiempo para

morir; un tiempo para plantar y un tiempo para arrancar lo
plantado; un tiempo para matar y un tiempo para curar; un
tiempo para demoler y un tiempo para edificar; un tiempo
para llorar y un tiempo para reír; un tiempo para lamentarse y un tiempo para bailar; un tiempo para amar y un tiem-
po para odiar; un tiempo de guerra y un tiempo de paz...».

Las palabras del sacerdote atravesaron la lluvia y alcanzaron el alma de Alekséi. No había sido criado en la fe
católica, pero el tío Vasili había dejado su impronta en él:
cierto fatalismo tan ruso como ortodoxo. Resultaba mucho
más sencillo creer que era Dios quien determinaba el tiempo de los hombres.

—Ya no habrá paz para nosotros —susurró Jean-Paul
entregándole el paraguas. Los sepultureros se dispusieron
a bajar el ataúd que, poco a poco, fue desapareciendo en el
interior de la fosa. A Alekséi lo anegó un vacío desolador y,
como en un destello de consciencia, supo que aquello no era

205

más que el principio de una ausencia que cada vez se haría
más intensa. Cuando la tierra empezó a caer sobre la caja,
cerró los ojos para escapar de allí. La oscuridad le devolvió
el rostro de Martine; su recuerdo clavó más hondo aún el
aguijón del dolor. En poco tiempo, había perdido a la mujer
que amaba y al hombre que había sido como un padre para
él. Durante años había olvidado la desoladora sensación de
sentirse solo: huérfano de padre y madre; huérfano de todo
afecto al que cualquier niño tendría legítimo derecho. Menos él; él no tenía ese derecho, y aquella injusticia lo había
devorado noche tras noche hasta que la tía Vania llegó y
lo rescató dándole una familia. Abrió los ojos de nuevo: el
dolor no desaparece tan solo con negarlo. Cogió la mano
de Vania estrechándola entre sus dedos. Ella le miró desde
unos ojos repletos de lágrimas y sonrió. Su mano fría, desangelada, cobró vida y la entrelazó. Alekséi sintió que no
había transcurrido el tiempo, que volvía a ser el niño resca-

tado por su tía: una persona dispuesta a atravesar el mundo por él. «La gratitud es una emoción más poderosa que el dolor», pensó; y quiso agarrarse a ella para dejar atrás el pozo de tinieblas. «Ahora me toca a mí; ahora soy yo quien debe ayudarla a recomponer lo que queda de su familia.»

El sacerdote se acercó con aire maltrecho —aquella lluvia odiosa lo tenía martirizado— y les tendió una mano tan blanda y fría como un pez muerto. Los escasos amigos que los habían acompañado al camposanto desfilaron ante ellos con una retahíla de pésames hueros y se esfumaron por el camino que, para entonces, arrastraba un riachuelo de agua y hojas.

—Debemos irnos —dijo Jean-Paul. Su voz tenía más de orden que de ruego. La tía Vania asintió, aunque no soltó la mano de Alekséi. Y echó a caminar despacio como si tuviera ante sí la evidencia de que cada paso la alejaba un poco más de su querido Paco. Dejaron el cementerio y atravesaron la puerta principal bajo un lema que pretendía aportar algún consuelo a los dolientes: «*Spes illorum immortalitate plena est*».[12]

—Se equivocan; ya no queda nada de esperanza —afirmó Jean-Paul deteniéndose ante las palabras talladas en la piedra— y la inmortalidad no tardará en desaparecer también…

12. La esperanza está llena de inmortalidad.

55

Traición

*P*arís *amaneció bajo una niebla espesa que le recordó su estancia en Londres arrestada por los ingleses. No era un buen augurio, pero estaba cansada de dejarse arrastrar por sus peores pensamientos: Ladoux la había alojado en el hotel Plaza Athénée, uno de los lugares más glamurosos del París mundano, así que no parecía albergar ninguna desconfianza. Aún no la había visitado, ni siquiera reclamado su presencia en las oficinas del Deuxième Bureau. Sin embargo, no dudaba que tendría en mente planes para ella. Entretanto, intentaba disfrutar de las escasas atracciones que ofrecía aquel París en guerra. La tarde anterior había visitado las exclusivas tiendas de las Galerías Lafayette y el nuevo día alumbró los rincones de la suite repletos de bolsas, cajas y sombrereras de vistosos colores. Había derrochado una cantidad de dinero tan innecesaria como extravagante, pero tuvo necesidad de resarcirse de tanta pesadumbre. Se acercó al sillón donde reposaba la enorme caja forrada de satén granate y levantó la tapa con cuidado. Su interior protegía un elegante sombrero negro tocado con una pluma de faisán dorada y cuya ala estaba cubierta por un tul negro que podría utilizarse como velo si buscaba discreción. Acarició la pluma del fai-*

sán, tan larga que aportaba un toque de excentricidad al tocado. Su suavidad le erizó la piel. Pensó en estrenarlo ese mismo día. ¿Para qué esperar?

Sonaron unos golpes rotundos en la puerta. Margot se volvió extrañada —era demasiado temprano para visitas inesperadas— y se ajustó el quimono antes de acercarse a abrir.

—¿Quién es? —preguntó arrugando el ceño.

—Abra de inmediato —ordenó una voz brusca y despótica. Margot se asustó y tuvo la tentación de escabullirse por la puerta que comunicaba su habitación con la colindante. Forcejeó con la cerradura mientras los golpes se volvían más urgentes e imperiosos. Al cabo, se rindió e irguiendo su postura caminó hacia la puerta. Al pasar frente al espejo, echó un vistazo que le recordó lo poco que quedaba de la mujer que había conquistado media Europa. Se sintió desfallecer y, pese a ello, hizo un esfuerzo por controlar sus emociones. Tal vez ya no fuera hermosa, pero debía convencerlos de que seguía siendo Mata Hari, el Ojo del Amanecer. Su leyenda sería más poderosa aún. Abrió la puerta y se encontró frente a media docena de soldados a las órdenes de un teniente.

—Caballeros... ¡Qué grata sorpresa! —les dijo haciéndose a un lado. Los soldados irrumpieron en la habitación sin demasiados miramientos. El último cerró la puerta y se cuadró ante ella. El teniente, un tipo altísimo con un bigote grotesco, la observó con una mirada cargada de desdén. Margot vio que sus ojos descendían hasta detenerse en su escote: el quimono dejaba entrever el nacimiento de sus senos. El teniente se sonrojó y, avergonzado, lo disimuló con una mueca de desprecio.

—No es una visita de cortesía, madame —dijo tendiéndole un documento—. Un juez militar ha ordenado su arresto. Debe acompañarnos de inmediato.

—¿Mi arresto? Debe tratarse de un error, caballero —respondió Margot echando un vistazo a los papeles, un borrón de letras incomprensibles. Trató de sonreír, de mantener una frialdad que el miedo devoraba a bocados. Se ajustó el cinturón del quimono con un gesto nervioso; se sentía expuesta, vulnerable, a merced de la voluntad de otros—. Yo trabajo para el bando de los ángeles, teniente.

El militar hizo un gesto desmañado con uno de sus brazos. No le interesaban las palabras de Margot. La repulsa que sentía hacia ella era algo físico, y aquel, un esfuerzo inútil. Debía dosificar sus fuerzas para las batallas venideras.

—Al menos me concederán unos minutos para vestirme —les rogó con el semblante más neutro que pudo simular. El teniente asintió con una cabezada y Margot supo que ahí se terminaban todas sus concesiones. Se acercó a la sombrerera y acarició de nuevo la pluma de faisán. Las piernas le flaqueaban y se agarró a la mesa clavando las uñas en la superficie de madera. Cerró los ojos, los apretó como si no fuera a despegarlos nunca más e inspiró llenando de oxígeno sus pulmones. Se vio a sí misma paseando por la playa con sus hijos; el sol de Java centelleaba en un cielo infinito. Se obligó a recordar que el paraíso también podía transformarse en una jaula de oro y, sin embargo, el peso de todo lo perdido en busca de su ansiada libertad se le antojó abrumador. Quizás se merecía este final...

Agarró el sombrero y se dirigió al dormitorio para vestirse. ¡La vida era tan corta! ¿Para qué esperar?

56

Remordimientos

*E*l tiempo transcurría con insoportable lentitud y la oscuridad, profunda como una sima, no ayudaba a sobrellevarlo en absoluto. Durante la larga espera, había empezado a aceptar que no saldría de allí con vida y que, si lo hacía, únicamente sería para morir en cualquier otro lugar igual de miserable. Una vez asumida esa realidad, lo que de veras lo mortificaba tenía una doble vertiente. Por un lado, le preocupaba la seguridad de Thea: no confiaba en los alemanes y, menos aún, en aquel tipejo repulsivo que se había cruzado en su camino. Si conseguían los documentos de Mata Hari, ya no la necesitarían para nada. Podrían eliminarla allí mismo, en la rebotica de la farmacia donde había confesado esconder los documentos. Moriría sin él y, quizás también, moriría por culpa de él; y eso no podría perdonárselo. Por otro lado, también le inquietaban las repercusiones de su fracaso: no serían capaces de neutralizar a los servicios de inteligencia alemanes; ni tan siquiera a los traidores que habían vendido a su patria por un puñado de monedas envenenadas. La guerra se alargaría; morirían millares de hombres en las trincheras de barro, tan semejantes a tumbas improvisadas. Fue consciente de que ya no importaba demasiado quién ganase la guerra; lo que importaba de verdad era ponerle fin de inmediato. Pensó en la muerte y se le puso el vello de punta. No tenía miedo. La muerte era su compañera de vida: se había llevado a su madre, a su padre, al tío Paco, a Jean-Paul y a tantos otros… Con ella estaría en buena compañía, pero el resto del mundo no tenía por qué compartir su punto de vista.

Perdido en el silencio de sus angustiosos pensamientos, oyó un violento golpe: alguien derrumbaba la puerta de entrada. Siguió un griterío y el sonido de pasos apresurados subiendo las escaleras que conducían al desván. Algo había de extraño en ese alboroto inesperado: no parecía que los alemanes pudiesen tener tanta urgencia en liquidarlo. La puerta del desván se astilló bajo el embate de un hombre corpulento. Un segundo después, surgieron ante él las figuras de Dumont y Ferdinand sacudiéndose el polvo de sus trajes. Ferdinand le echó un vistazo y amagó una sonrisa torcida.

211

—¡Querido Bogdánov! Menudo héroe de pacotilla nos han enviado desde París —le dijo mientras Dumont le cortaba las ligaduras—. ¡Menos mal que contábamos con el bueno de Pierre para plantarles cara a esas sabandijas! —Alex se puso en pie y el dolor en cada una de sus articulaciones lo forzó a calcular sus movimientos. Ferdinand le palmeó la espalda y soltó una risotada—: No te ofendas, amigo, que, pese a tu escasa ayuda, todo ha tenido un final feliz. Pronto podrás lucirte ante el jefe por el éxito de la misión…

—Déjate de insensateces, Ferdinand, y cuéntame lo ocurrido —le pidió impaciente—. ¿Dónde está *mademoiselle* Reinder? —preguntó a Dumont, que en aquel momento le parecía el único razonable.

—Te espera al final de las escaleras —respondió guiñándole un ojo.

—Entonces, ¿por qué seguimos perdiendo el tiempo aquí? —Y, dejándolos en el desván, bajó las escaleras de dos en dos. Al final del tramo, sentada en un escaño de madera arrimado a una ventana, Thea aguardaba observando la negrura que se escondía al otro lado de los cristales. Al oír los pasos acelerados, se puso en pie, pero se detuvo al verlo. Se quedaron así, separados por una distancia ínfima, apenas un par de metros, aunque se dirían infranqueables.

—Enhorabuena, Bogdánov, al fin tienes lo que buscabas con tanto anhelo —le reprochó recuperando el uso de su apellido. Allí estaba de nuevo la misma desconfianza de cuando se conocieron, avalada ahora por todas sus mentiras.

—Lo siento, Thea. Siento muchísimo haber mentido; siento haberte utilizado. No estoy orgulloso de lo que hice.

—Claro que lo estás. Ahora me dirás que fue a causa de un bien mayor…

—¡No! —gritó Alex interrumpiendo sus palabras—. Me encomendaron una misión y la cumplí lo mejor que supe. No pretendo buscar excusas…

—Bien. Mejor así, Bogdánov, porque tus palabras no valen nada. —Y dando media vuelta, abandonó la casa para subirse al coche que esperaba fuera. Alex no se atrevió a seguirla, no en aquel instante en que el miedo, el cansancio y la decepción pesaban demasiado. Entonces sintió una mano que, apoyándose en su hombro, buscaba aportarle algún tipo de consuelo. Se giró y se encontró con el ceño fruncido de Dumont.

—Tranquilo, amigo —dijo—. Al menos, ella está a salvo —añadió haciendo un gesto hacia el coche donde permanecía Thea—, y eso es lo único que de verdad importa.

57

El precio de la muerte

—Voy a dejar el ejército.

Fueron las primeras palabras que pronunció Jean-Paul en cuanto pudo volver a casa. La tía Vania apenas farfulló unas débiles objeciones. Recuperar a su hijo era el único consuelo que se le ocurría para soportar tanto dolor. Jean-Paul estaba cargado de razones, pero, bajo ellas, subyacía la enorme decepción que había supuesto el ejército y su insufrible burocracia. La decisión era definitiva; jamás les contó las trabas que debió encontrar para llevarla a efecto. Un buen día regresó sin su uniforme de teniente del regimiento de húsares y, pese a los persistentes rumores de guerra con alemanes y austríacos, no volvió a hablar de su carrera militar. Fueron poco más de cinco meses —apenas ciento cincuenta días— los que logró permanecer alejado de su pasado en el ejército antes de que la guerra lo atrapase de nuevo.

La muerte de Paco los lastró a todos de mil maneras: Jean-Paul abandonó el ejército y se puso al frente de Le Vieux Andalou, lo que su padre habría querido para él; la tía Vania se dejó absorber por su trabajo en la Ópera Garnier, donde el montaje de un nuevo espectáculo le consumía todas las horas del día y algunas de la noche; y Alekséi trató de concentrarse en los entrenamientos, en las competiciones pendientes, aunque sus resultados distaban mucho de lo esperado. Demi-tour mostraba una paciencia inagotable, algo por completo inusual en él, pero Alek no conseguía disimular su creciente frustración por las derrotas. Finalmente se rindió. La carrera militar de Jean-Paul no fue lo único que había muerto con Paco: sus ínfulas de competir con el equipo olímpico francés también se esfumaron para siempre.

—No era más que una estupidez —le dijo a Demi-tour cuando le comunicó su decisión—; nunca fui lo bastante bueno…

Demi-tour alzó los ojos al cielo y negó con la cabeza.

—Si es lo que quieres creer, te convencerás de ello.

—Tampoco importa demasiado, maestro. Según cuentan por todas partes, se avecinan tiempos de guerra.

—Lo sé, no vivo de espaldas al mundo; pero no podemos abandonarlo todo para sentarnos a esperar. Debemos continuar con nuestras vidas, esforzarnos, seguir luchando. Montes no permitiría que lo dejases…

—Pero mi tío reposa en una tumba del cementerio —respondió Alekséi, antes de abandonar la pista de entrenamiento.

Aunque las semanas y los meses pasaron, las heridas no lograban cicatrizar y, para Jean-Paul, se tornaron tan insidiosas como llagas incurables que, a pesar de todos los cuidados, tan solo empeoraban día tras día. Comenzó a beber, a diario y en cualquier momento; descuidó el negocio a costa de la buena voluntad de los clientes de su padre; se involucró en peleas, disputas inútiles que únicamente conseguían magullar su cuerpo y degradar su espíritu; logró granjearse una merecida fama de díscolo y pendenciero que solo disculpaban los que sabían de su desgracia. La tía Vania sufría por él; también por ver cómo se deterioraba el legado de su esposo: su amado restaurante y el buen nombre que había conseguido a golpe de esfuerzo.

Una noche, después de cerrar el bistró, Alekséi la encontró en el salón cosiendo unas filigranas doradas en los puños de un vestido. Al verlo aparecer, le dio la espalda y se frotó los ojos con disimulo. Alek supo que había llorado. No le extrañó su llanto, pero le conmovió su esfuerzo por ocultárselo. Siempre había querido protegerlo de todos los males y aún pretendía hacerlo. Se sentó a su lado y, apartando la labor, la abrazó con fuerza.

—Estoy aquí —dijo tratando de transmitirle su solidez, su devoción por ella. Vania se separó un poco, pero mantuvo las manos apoyadas en sus hombros; lo observó a través de unos ojos cristalinos, colmados de lágrimas. Y sonrió a pesar de su tristeza.

—Irina estaría tan orgullosa del hombre en el que te has convertido…

—Gracias a ti —respondió Alekséi—. Nada habría sido igual sin ti.

Vania hizo un gesto de negación y, sin embargo, se emocionó de nuevo. Alek imaginó que, en aquel momento, recordaba el viaje a Moscú —cuando había atravesado media Europa con la única compañía del tío Paco—. Luego pensó que apenas tendría recuerdos que no estuviesen vinculados a él y, viéndolo así, hasta el pasado feliz se tornaba algo doloroso.

—Lo lograremos —dijo antes de que ella rompiese a llorar de nuevo—; nos mantendremos a flote como los restos de un naufragio. No permitiremos que nadie más se hunda. Te lo prometo, tía Vania —añadió a sabiendas de que era lo que la mujer necesitaba oír en aquel momento. Pero sus palabras se comportaron como hojas empujadas por el viento: se alejaron, se perdieron.

Rezó para no tener que volver a pensar en ellas nunca más.

215

58

Paripé

—¿*Sabe lo que es la lealtad,* madame? —*La voz del capitán Bouchardon, el juez militar que había decretado su arresto, sonó como un golpe seco asestado con una fusta. Margot lo recibió tal cual. Sabía que la pregunta formaba parte del espectáculo, de la exhibición del capitán, y que no necesitaba respuesta. De hecho, tenía la certeza de que cualquier cosa que dijese tan solo lograría empeorar su situación. Cerró los ojos durante un instante: necesitaba descansar, alejarse de allí. El interrogatorio se había prolongado durante horas y estaba agotada física y emocionalmente. «¿Interrogatorio?», se preguntó a sí misma. No, no debía seguirles el juego si no quería que la doblegasen. Tan solo era una farsa, un «paripé» como decían los españoles, pero no conseguía adivinar las razones que los impulsaban a comportarse así—. No responde —le dijo acercando el rostro despiadado al suyo. Desde esa ínfima distancia podía distinguir con nitidez cada cerda de su bigote. Apartó la vista y la fijó en un punto perdido del cuarto sin ventanas que servía de sala de interrogatorios. El escaso mobiliario se desdibujaba transmutado en sombras borrosas que perdían su identidad. Se planteó cuánto tardaría ella en sufrir el mismo efecto, cuánto tardaría en difuminarse y perder su esencia.*

Ni siquiera su fortaleza era la misma de antes.

—Durante un tiempo dudamos; quisimos darle una opor-tunidad, madame, *ponerla a prueba; y nos ha fallado. ¿Cómo la llamaban los alemanes? Me refiero a su nombre de es-pía... —Bouchardon fingió que pensaba durante un instan-te—. ¡Ya lo tengo! Agente H21. Ese es su alias, ¿verdad?*

Margot clavó su mirada en él. La satisfacción del ca-pitán era tan palpable que se sobreponía a cualquier otra emoción. Sintió una náusea en la boca del estómago y tuvo que hacer un esfuerzo por reprimir el vómito. Lo sabían. Los franceses conocían su juego. Todos sus miedos cobra-ron sentido. Su instinto se lo había advertido; de hecho, se lo había gritado multitud de veces, pero había elegido mi-rar hacia otro lado, huir hacia delante. Y ahora iba a pagar las consecuencias de esa huida. Hizo un esfuerzo más por dominarse, por mantenerse lúcida. Al menos contaba con una baza, una carta en la manga con la que podría com-prar su libertad, incluso un retiro dorado si sabía jugar su mano: la cajita de nácar, que estaba a buen recaudo en poder de Thea. La lista que ocultaba en su interior logra-ría poner en jaque a los servicios de espionaje alemanes. ¿Y Bouchardon se atrevía a hablarle de lealtad? Ese era un concepto absurdo, obsoleto. Tan solo había tenido que sobrevivir en un mundo de hombres para darse cuenta de que no existía la lealtad. Le urgía, si no quería errar el paso, saber qué pretendían los franceses de ella. Y hasta que lograse averiguar sus intenciones, ganar algo de tiem-po. Se preparó para enredarlos con sus mentiras, para tejer una red de historias que los mantuviese entretenidos. Al fin y al cabo, si había algo que ella sabía hacer muy bien, era contar los mejores cuentos.

59

La despedida

Abandonó las dependencias del consulado francés sin sobreponerse a su decepción. A pesar de la euforia del agregado consular tras recibir las efusivas enhorabuenas de Ladoux, no logró contagiarse de todo su entusiasmo. Sabía que era responsable —quizás en una pequeña parte— del éxito de la misión, pero había sido el bueno de Dumont quien verdaderamente demostró su talla como espía. Y tampoco conseguía enorgullecerse de haber engañado a Thea. Sus mentiras le pesaban como un lastre del que no podía liberarse. El hecho de que Ferdinand se atribuyese sin sonrojo el mérito de Dumont tampoco lo ayudaba a congraciarse con el resultado.

—No tiene importancia —arguyó Dumont resignado a que su jefe fuese un patán—. Pensemos en los hombres que volverán a casa —dijo esbozando una sonrisa discreta. Bogdánov asintió. Recordó a su tía Vania sola en París; al menos ella se alegraría de su regreso.

—¿Cuándo volverá a París? —preguntó Dumont, como si pudiese leer el curso de sus pensamientos.

—Mañana mismo me embarcaré de nuevo. He de entregar la lista al Deuxième Bureau para que la purga de espías se ponga en marcha. No hay tiempo que perder…

—¿Podrá despedirse de *mademoiselle* Reinder?

—No querrá saber de mí —respondió Alexandre torciendo el gesto.

—Tal vez, pero al menos debería intentarlo, Bogdánov. No nos hemos portado bien con ella —afirmó Dumont asumiendo la culpa de sus engaños—, aunque la guerra es una buena excusa, ¿no cree? Lo que no se perdonará jamás es haber sido cobarde.

Alexandre lo miró y sonrió. Para su sorpresa, aquel tipo bajito, vestido como un figurín y tocado con su ineludible sombrero hongo, había resultado ser la más sensata de las personas que había conocido en aquella absurda misión. Podría asumir que Thea le reprochase sus engaños, sus mentiras —estaba en su derecho—, pero irse sin enfrentarse a ella... no entraba en sus planes: ese era un valor que, tarde o temprano, se exigiría a sí mismo.

—Iré a despedirme de ella y también del doctor Prendes —aseguró Alexandre—. Ha sido todo un placer, amigo. Gracias. —Y le estrechó la mano antes de partir.

Las palabras pueden ser poderosas. Hay palabras que encierran secretos con la capacidad de cambiar el mundo. Las de Mata Hari, concentradas en la lista que desgranaba los nombres de los espías alemanes que operaban en Francia y el Reino Unido, tenían un destino: poner en jaque a sus antiguos valedores. Alexandre se preguntó si estaría satisfecha de su venganza. Casi con seguridad, nada de lo que ocurriese ahora le importaría ya; ni tampoco les importaría a su tío Paco o a Jean-Paul. Los muertos tienen ese privilegio: mantenerse ajenos a los propósitos de los vivos. Pensó en las palabras que le diría a Thea, las que debían ser acreedoras de un perdón tan arduo como amargo; amargo porque debía regresar a Francia y a una guerra que, pese a todos sus desvelos, no se esfumaría por arte de magia.

Tomó un taxi que le dejó ante la villa del doctor Prendes

219

en Somió. Atravesó a pie el camino que conducía a la mansión repasando las palabras que había elegido para despedirse de Thea, pero cuando alcanzó la fachada principal, su discurso se diluyó en un mar de dudas. La piedra gris devorada por la hiedra carmesí le recordó todas y cada una de sus mentiras: se había colocado una máscara para ocultar su verdadero rostro y, pese a ello, no había conseguido desaparecer del todo. Al final, había tenido que mostrar su verdadero yo para granjearse la confianza de Thea. Y ahora anhelaba que esa piedra gris que le había mostrado fuese lo bastante sólida como para obtener su perdón.

Pulsó el timbre y su carillón jubiloso resonó en el interior de la mansión. Nervioso, se atusó el pelo y, cuando se disponía a preguntar por la señorita Reinder, resultó ser Thea quien le abrió la puerta. Se encontró frente a su rostro, sus enormes ojos almendrados, las pecas que salpicaban su nariz, los labios que pedían —siempre pedían— ser besados. Al verla ante él, un anhelo desmedido se apoderó de su ser y lo convirtió en alguien diminuto y desvalido. Y ella lo miraba como si, en efecto, fuese así: pequeño e irrelevante. Durante un instante pareció que, aprovechando su desconcierto, iba a cerrarle la puerta en las narices, pero el momento pasó. Algo la hizo cambiar de opinión —tal vez pensó en su tío— y dejó la puerta abierta.

—Manuel está tomando café en el jardín —dijo acompañándolo hasta allí. Abrió uno de los enormes ventanales que daban acceso al jardín y a un frondoso bosque envuelto por una bruma próxima a desvanecerse. La hierba aún conservaba el rocío de la mañana y mojó los zapatos de Alexandre.

—¡Bogdánov! ¡Qué grata sorpresa, amigo! Pase a tomar una taza de café conmigo —dijo el doctor poniéndose en pie para recibirlo. Veía a Prendes ajeno a todo lo sucedido y se preguntó si verdaderamente sería así.

—Vengo a despedirme. —El doctor, que en ese momento abría la boca para decirle algo, se detuvo sorprendido—. Regreso a París mañana mismo. No quería partir sin darles las gracias por su acogida, por abrirme su casa y recibirme como a un amigo.

—Siéntese, Bogdánov. No hay nada que agradecer, pero lamento escuchar que nos deja tan pronto. Yo pensaba… —Y se rascó la frente sin llegar a acabar la frase. Alex quiso preguntarle cuáles eran sus pensamientos en el preciso instante en que Thea se acercaba con el café. Lo colocó ante él y se sentó al lado de su tío. Su mirada se perdió en el bosque, entre la maraña de árboles tan sólidos y enhiestos que se asemejaban a una fortificación tras la que cualquiera podría guarecerse—. Bogdánov se va —dijo Prendes sacándola de su abstracción—. Ha venido a despedirse.

Thea asintió, aunque se mantuvo imperturbable. Alex le dio un pequeño sorbo al café: su sabor era tan amargo como el momento. Posó la taza en la mesa y el sonido de la porcelana cobró un inmerecido protagonismo. Thea se levantó, se alejó hacia el bosque y se adentró en los últimos restos de la bruma. Prendes la observó y frunció el ceño sin saber disimular su extrañeza. Miró a Alex en busca de respuestas, pero tan solo encontró tristeza. Él no entendía de amoríos: había elegido la soltería de manera premeditada, huyendo de la complicación de tener que conocer a alguien mejor que a sí mismo. Sin embargo, en aquel instante tenía una opinión muy clara de lo que había que hacer.

—Deberías hablar con ella —dijo apoyándose en su hombro—. Os dejaré a solas.

Alex se puso en pie y caminó tras ella. Durante unos segundos, Thea lo ignoró y tan solo percibió una rigidez artificial en su postura. El silencio de la umbría arboleda se apoderó de todo y Alex comprendió que Thea buscase su paz allí.

—Es un lugar hermoso.

—No esperaba verte aquí ahora que tienes lo que querías —dijo ignorando sus palabras.

—Hemos conseguido la lista de espías —reconoció Alex intentando con desespero que le devolviese la mirada—, aunque el verdadero mérito es de Dumont. No puedo estarle más agradecido…

—Claro que sí; gracias a él tendrás tu reconocimiento, quizás una medalla… Espero que haya merecido la pena. Pero ¿qué digo? ¡Qué estúpida soy! Claro que ha merecido la pena. —Sus palabras estaban teñidas de amargura. Alex quiso creer que, tal vez, todavía existía una oportunidad para ellos.

—No lo entiendes, Thea. No comprendes lo que quiero decirte. No le estoy agradecido porque haya conseguido los papeles; le estoy agradecido porque te salvó la vida. No sé qué habría hecho si hubieses muerto…

—Pero te vas —dijo ella mirándolo por primera vez; y entonces sus ojos se anegaron de lágrimas. «Benditas lágrimas», pensó Alexandre. El dolor por su partida había logrado el milagro de derribar todas las barreras. Le cogió la mano, tiró de ella y, en un segundo, la estrechó entre sus brazos. Allí, rodeando a Thea como si fuese suya, las palabras perdieron valor y su necesidad se esfumó en un abrir y cerrar de ojos: tan solo importaba aquel abrazo. Se besaron amparados por el silencio, por el espesor del bosque que los alejaba de una realidad demasiado complicada.

Fue un beso triste, con sabor a despedida.

—Volveré. Cuando acabe la guerra, regresaré a buscarte —le prometió Alexandre. Y aunque ambos sabían que era una promesa estéril, pues la guerra traza sus propios caminos por mucho que uno se esfuerce en evitarlos, se amarraron al deseo de que algún día fuese cierta.

60

Las flores del mal

$\mathcal{F}$inalmente, esa Europa vacua y pagada de sí misma tuvo lo que quería: una guerra en la que saciar su sed de venganza y sus odios enconados. Entre el pueblo estalló una euforia ilusa que aventuraba un desenlace rápido y victorioso. París se llenó de banderas tricolores y de cánticos patrióticos; del deseo de recuperar Alsacia y Lorena, arrebatadas por los alemanes tras la guerra franco-prusiana. En plena canícula veraniega, se llamó a filas a los reservistas y se decretó la movilización de todas las tropas del ejército francés. Alemania declaró la guerra a los franceses y, como si alguien hubiese dado el pistoletazo de salida, ya no hubo marcha atrás.

Una mañana de principios de agosto, Jean-Paul recibió la orden de reincorporarse a su antiguo regimiento. Se recuperaba de la resaca de su última borrachera, pero en cuanto tuvo la carta entre sus manos y leyó su contenido, se esfumó el espectro en que se había convertido tras la muerte de su padre. Por supuesto que no regresó el Jean-Paul de antes, el patriota enfebrecido; ese había desaparecido para no volver, desencantado porque los hombres jamás están a la altura de sus ideales. Asumió su deber con resignación y hasta creyó adivinar cuál sería su destino. Se lavó con esmero, se vistió con sobriedad y preparó una pequeña maleta con varias mudas y un ejemplar de *Las flores del mal* de Baudelaire del que jamás se separaba desde la muerte de Paco.

—Debo reincorporarme a mi regimiento —les dijo con la carta en la mano y la maleta pegada a sus pies. La tía Vania lloró en silencio resignada a aceptar lo inevitable. Alekséi se sintió abochornado: no podía dejarle ir a la guerra mientras él se quedaba en París como un cobarde.

—Hoy mismo iré a alistarme —dijo en un arranque de rabia, pero Jean-Paul torció el gesto y la tía Vania lo agarró del brazo.

—Pero ¡qué dices, Alekséi! No puedes hacerlo. Aún eres demasiado joven —rogó su tía asustada. Jean-Paul negó con un gesto apenas perceptible y lo miró con unos ojos tan tristes y apagados que tuvo que hacer un esfuerzo por dominar sus emociones.

—No tengas prisa en morir, hermano. —Y sus lúgubres palabras le pusieron el vello de punta—. Solo te pediré una cosa: cuida de mi madre, cuida de ella mientras yo no esté. —Jean-Paul besó a su madre y abrazó a Alekséi. Fue una despedida áspera, penosa y, antes de que pudieran impedírselo, se fue dejando tras de sí un vacío irreparable.

Los días se sucedieron inmersos en un ambiente desquiciado: la gente se agolpaba en las calles, en las terrazas de los bares y los cafés; se formaban largas colas en las oficinas de reclutamiento, hileras de hombres dispuestos a morir por una idea romántica de la guerra. La verdad llegaría más tarde, cuando enfrentados a la impiedad de la maquinaria bélica, tomasen conciencia de su cualidad de meros peones, tan prescindibles como irrelevantes. Durante días, tal vez unas pocas semanas, Alekséi trató de cumplir con el ruego de su primo. Intentó mantenerse apartado de todo, distanciado de su grupo de amigos que, contagiados por el fervor patriótico, se preparaban para ser movilizados en cualquier momento. Vagaba como alma en pena, enojado con Jean-Paul y consigo mismo, cuando decidió visitar a su antiguo maestro de equitación. Se encontró a Demi-tour ocupado en revisar los caballos que iba a ceder al ejército.

—Al parecer soy demasiado viejo para combatir en esta guerra. Es curioso que los demás te vean así cuando no es lo que sientes —comentaba Villers mientras le colocaba el ronzal al caballo—. En fin; por lo menos me dejarán formar a los nuevos cadetes.

—Y serás el mejor instructor del ejército —afirmó Alekséi acariciando las crines del caballo. Su malestar resultaba tan evidente que Demi-tour colgó los arreos del animal y le prestó atención.

—Tal vez este sea el momento de tomar nuestras propias decisiones, Alek. Más adelante, serán otros los que las tomen por nosotros y no tendremos más opción que aceptarlas.

—Pero la tía Vania se quedará sola, no tiene a nadie más —arguyó Alekséi sin convicción.

—Pese a la euforia en las calles, no bastará con nuestro *élan*[13] para derrotar a un ejército más poderoso y fuerte. Muy pronto no quedarán más que ancianos, mujeres y niños en las ciudades. Me temo que tu tía no será la única.

Alek asintió en silencio. Villers estaba en lo cierto y saberlo le aportó la calma que anhelaba. Vania tendría que entenderlo.

—Nunca me han gustado las encrucijadas, ¿sabes? —añadió Villers cuando ya estaba casi todo dicho—. Demasiados caminos abiertos ante mí, demasiado que pensar, demasiado que elegir; debería ser mucho más sencillo… ¿Por qué no vienes conmigo, Alekséi? La caballería necesitará instructores y tú siempre fuiste mi mejor alumno.

225

13. El arrojo, valor heroico considerado por los franceses como una virtud genuinamente suya.

Bogdánov sonrió. Supo que eran sus propias encrucijadas las que quería evitar Villers. Tanta preocupación por él lo emocionó y tampoco le resultó ajeno que, en la medida de lo posible, tratara de mantenerlo a salvo.

—Y tú siempre fuiste el mejor de los maestros —respondió Alekséi—. ¿Por dónde quieres que empiece?

61

Aún queda esperanza

La encerraron en la prisión de Saint-Lazare, una cárcel de mujeres gobernada por monjas situada en el Faubourg Saint-Denis. Era un edificio sólido y sombrío que confinaba a las reclusas entre cuatro paredes roñosas. En su interior conoció la soledad más amarga: su celda carecía de ventanas y el mobiliario se reducía a un maltrecho colchón arrojado en el suelo. Ella, que se había hospedado en los hoteles más elegantes de toda Europa, se vio condenada a vivir en las condiciones más penosas. Se resignó porque intuía que aquel encierro formaba parte de la estrategia de sus captores, de los planes trazados para forzar su confesión y convertirla en cabeza de turco de los desastres militares. Pero no lograrían doblegarla. Tarde o temprano tendrían que aceptar que no era culpable de nada. ¿O tal vez se equivocaba al pensar que los convencería de su inocencia?

Tras unos días recluida, vino a visitarla el abogado Édouard Clunet, un viejo amigo de sus tiempos de gloria. Clunet le comunicó su decisión de defenderla en el proceso que se iba a iniciar contra ella. La emocionó el gesto de su antiguo amante, el único en mantenerse fiel cuando su estrella decaía. A pesar de su buena voluntad, la visita del letrado solo le aportó desasosiego: los franceses pretendían su condena y su mejor baza para evitarla era un anciano achacoso.

—Pronto comenzarán los interrogatorios —le advirtió Clunet con el rostro encogido en una mueca de dolor—. Lo lamento, pero no permitirán que esté presente. Deberás ser muy cuidadosa con lo que digas, Margot. No importa de qué te acusen, no importa lo que te enseñen: la negación será tu mejor defensa. No confieses jamás, no reconozcas nada.

—¿Me sacarás de aquí, Édouard? No tardaré en enloquecer si sigo confinada en esa celda inmunda. —Clunet enarcó las cejas y negó con la cabeza. La contempló sin saber disimular la pena que sentía, pues unos días de encierro y privaciones habían conseguido desvanecer su legendario embrujo.

228

—Te acusarán de traición, Margot; y ahora mismo la traición es el peor de los delitos para los franceses. No puedo hacer nada más por ti. De verdad que lo siento mucho.

Clunet estaba en lo cierto: apenas habían transcurrido unos días de su visita, cuando vinieron a recogerla para someterla a interrogatorio. Fue el primero de muchos. Bouchardon le hacía repetir, una y otra vez, lo que él llamaba «su historia» y, de tanto insistir en conocer todos y cada uno de los detalles de su vida, había llegado a aborrecerlos. Al principio, recibía las salidas como una oportunidad de abandonar la celda, pero no tardó mucho en detestar esas escaramuzas plagadas de celadas. Sabía que había una trampa tras cada palabra del juez inquisitorial y el esfuerzo por sortearlas se tornó insoportable. Cada vez se sentía más débil, más enferma, y comenzó a pedirle, casi a rogarle, que la sacase de aquella prisión inmunda y le proporcionase un alojamiento digno. Le escribía carta tras carta, pero sus ruegos fueron inútiles y acabó por darse cuenta de que el encierro denigrante y el desgaste que conllevaba era otra de las maquinaciones de Bouchardon. No tenía ningún ascendente sobre él. Eso la asustó.

Tiempo después, y debido al deterioro de su salud, tuvieron que trasladarla a las celdas de la enfermería. Allí las condiciones eran menos insalubres y su estado mejoró gracias a los cuidados de las monjas de San José. Fue una tregua efímera y no tardaron en retomar unos interrogatorios que cada vez eran más hostiles. Comenzaba a agotarse la paciencia de Bouchardon, así que el capitán optó por abandonar las sutilezas obligándola a afrontar la dura realidad:

—Sabemos que Von Kalle, su viejo amigo, remitió a Berlín un telegrama donde informaba sobre la agente H21 —dijo enfrentándole la mirada—. Von Kalle afirmaba que su agente pedía instrucciones y más dinero antes de regresar de nuevo a París. También sabemos que fue usted quien retiró el dinero de los alemanes: cinco mil francos franceses. No fue difícil establecer la relación: no puede decirse que fuera muy prudente...

—Estoy cansada —afirmó Margot sintiendo que se esfumaba su afán de lucha.

—Hay una forma muy sencilla de poner punto final a todo esto, madame —dijo Bouchardon intuyendo la proximidad de su victoria.

Margot negó, no iba a confesar, pero necesitaba abandonar ese bucle de interrogatorios y privaciones. Debía ofrecerles algo que restableciese el equilibrio, algo que le permitiese recuperar su libertad. En un destello de lucidez, supo que era la ocasión de utilizar la única baza que le quedaba: la cajita de nácar, la lista de espías que acabaría con los servicios de inteligencia alemanes. Decidió arriesgarse; puede que fuera su última oportunidad de salir indemne. Cerró los ojos y la asaltaron los recuerdos de su estancia en Gijón: el momento en que se desprendió de *la cajita de su madre para entregársela a la única persona en la que confiaba.*

—Monsieur Boucardon —dijo recuperando parte del valor perdido—, dispongo de una información que logrará cambiar el curso de la guerra. Se la ofrezco a cambio de mi libertad. ¿No cree que ha llegado el momento de hablar en serio?

62

La guerra es más honesta

—*H*a prestado un inmenso servicio a Francia, Bogdánov. Este documento cambiará el curso de la guerra —afirmó Ladoux, sosteniendo la lista de Mata Hari en sus manos—. Ahora debemos reflexionar sobre el modo en que lo usaremos, planificar nuestra estrategia; desde luego no queremos poner sobre aviso a los alemanes. Esta será nuestra gran oportunidad, el momento decisivo que estábamos esperando.

La vehemencia de Ladoux le provocó el sentimiento opuesto. Desde el preciso instante en que abandonó Gijón en un mercante con destino a Nantes, sintió que comenzaba a decaer su ánimo. Sabía lo que le esperaba al final del camino: él mismo lo había elegido; así que no era esa la razón de tanta pesadumbre. Y, allí, en las oficinas del Deuxième Bureau y en presencia de Ladoux, sus emociones no paraban de precipitarse como en un acelerado descenso a los infiernos.

—¿Qué planes tiene ahora? Se ha ganado un buen permiso…

—Quiero regresar al frente —se adelantó Alexandre interrumpiendo sus palabras. Ladoux enarcó las cejas y negó con la cabeza, como si las palabras de Bogdánov no fuesen más que el capricho de un niño que no sabe lo que quiere.

—No es necesario, Bogdánov. Ya ha hecho suficiente por el país; aquí podrá prestar mejor servicio a Francia —le explicó con cierto desdén.

—No. Quiero regresar al frente. —Sus palabras sonaron rotundas, empecinadas. Era una decisión firme y Ladoux no podría hacer nada por cambiarla. Le asqueaban las mentiras, las falsedades que constituían la materia prima del trabajo del Deuxième Bureau; quería estar tan alejado de todo eso que no conseguía disimular su necesidad de salir de allí. Ladoux torció el gesto y su rostro se encendió. Su negativa le había molestado. El suyo no era más que un patriotismo de despacho; en el fondo, no estaba dispuesto a morir por esa Francia que lo justificaba todo.

—¿De verdad era culpable? —le preguntó en un impulso.

—¿Quién? ¿Mata Hari? —Ladoux sonrió con frialdad y, durante un instante, pareció reflexionar sobre la pregunta que le había formulado, pero tan solo estaba eligiendo las palabras que iba a pronunciar a continuación—: Puede que no lo suficiente para morir por ello. Debió seguir el consejo de los ingleses y retirarse cuando estaba a tiempo. Este era un juego demasiado grande para ella.

—¿Y por qué no aceptaron su oferta? ¿Por qué no le permitieron recuperar la lista si era tan importante conseguirla?

—Cada afán tiene su tiempo. Entonces no veíamos un final para la guerra: cientos de hombres desertaban cada día, millares de ellos morían en las trincheras… ¿Qué necesitábamos en aquel momento, Bogdánov? Vamos, no me decepcione. Tiene que haber aprendido algo de nosotros.

—Una cabeza de turco… —dijo en un susurro.

—¡Exacto! Necesitábamos una cabeza de turco —afirmó Ladoux sin el menor remordimiento—. No lo aprueba, ¿verdad?

—Era una mujer… —le reprochó indignado.

—No, no lo era. En aquel momento era mucho más que eso: era un símbolo —dijo haciendo énfasis en la palabra—. No sea iluso, Bogdánov. Para ganar una guerra como esta hay que mancharse las manos de sangre. No todos podemos elegir el bando de los ángeles —le recriminó con cierto despotismo.

Alex no quiso escucharlo más y se puso en pie para abandonar la habitación. Su lugar no estaba allí; ya no tenía nada que ver con las intrigas de aquel departamento, pero antes de irse le diría a Ladoux lo que pensaba:

—Si ha de ser así, capitán, si he de mancharme las manos de sangre, prefiero hacerlo en el campo de batalla.

233

63

Alexandre

*D*ejar a Vania sola en París fue la parte más difícil una vez que decidió alistarse en el ejército. Sabía que su marcha la arrojaba a la soledad absoluta, y la ausencia de noticias de Jean-Paul lo complicaba más aún. No habían recibido ni una sola carta de él y eso los angustiaba a ambos, pese a sus esfuerzos por aparentar una tranquilidad que no sentían en absoluto.

Villers se encargó de todo el papeleo, de resolver los trámites y las dificultades burocráticas para convertirlo, oficialmente, en su ayudante. Alekséi tan solo tuvo que ocuparse de su equipaje y de despedirse de la tía Vania. Antes de partir al frente, había tomado la determinación de cambiarse de nombre: Alekséi era un nombre ruso y ahora iba a servir a Francia. Le pareció que, aunque fuese un simple gesto, era también lo bastante significativo para vincularse de un modo íntimo al país que lo había acogido cuando era niño.

—A partir de ahora seré Alexandre Bogdánov —le contó a Vania orgulloso de su nuevo nombre. Ella le miró y se emocionó porque se presentaba ante ella como lo que era: un muchacho decidido a comportarse como un hombre.

—A-le-xan-dre —dijo Vania pronunciando cada sílaba de su nombre— será Alex para mí. ¿Te parece bien, mi querido Alex? Tus padres estarían tan orgullosos…

Alexandre sonrió y sintió un calor ardiente en el pecho. Aún podía recordar a Nikolái, su padre, dejando un rastro de huellas sobre la nieve. Ahora que se disponía a enfrentarse a sus propios miedos, el ejemplo de su padre —dispuesto a morir para salvarlo— cobraba una relevancia absoluta.

La despedida fue breve y emotiva: ninguno quería prolongar el sufrimiento del otro. Alex besó a Vania y abandonó su hogar una calurosa tarde de finales de agosto. Villers lo esperaba en la estación del Este donde cogerían un tren que los conduciría a la ciudad de Reims, en las proximidades del frente. Allí necesitaban todos los caballos que pudiesen conseguir para asegurar el reemplazo tras las primeras escaramuzas de una guerra que apenas había comenzado. El traslado del grueso de los animales tuvo lugar unos días antes, aunque el grupo final viajaría en tren con los últimos ejemplares.

Los *poilus*[14] y los familiares que habían acudido a despedirlos ocupaban cada rincón de la estación: un maremágnum de hombres sentados en los bancos, encima de sus petates, apoyados en las esquinas, bebiendo en la taberna… Bogdánov se dedicó a sortearlos, casi a ignorarlos, porque ya podía apreciar el miedo que se escondía tras sus sonrisas. «La guerra resulta más cautivadora cuando solo es una idea», se dijo para sí mismo. Aquellos soldados no tardarían en enfrentarse a algo tan terrible, tan devastador, que jamás lograrían olvidarlo. Alex avanzó por el andén hasta que divisó a Demi-tour repartiendo instrucciones a los hombres que iban a ocuparse de los caballos. Estaba tan abstraído en su trabajo que no lo vio hasta que lo tuvo al lado.

235

14. Soldados franceses de la Primera Guerra Mundial con su característico uniforme azul y rojo.

—¡Cuánta elegancia, señor! —le dijo sonriendo ante su impoluto uniforme de mayor. Villers elevó las cejas como si todo aquello le pareciese un despropósito.

—Me siento disfrazado, amigo —dijo guiñándole un ojo con complicidad—. Quizás sea porque todavía no he hecho nada para ganármelo.

—¡Tranquilo! —afirmó Alexandre palmeándole la espalda—. Según cuenta Jean-Paul, los generales tampoco pueden vanagloriarse de haber hecho grandes méritos.

—¡Pues, vaya, has conseguido que me quede mucho más tranquilo! —respondió Villers con ironía—. En fin, será mejor que nos ocupemos de nuestros asuntos, ¿no crees? Tal vez podrías echarles un último vistazo a las cabalgaduras; comprobar que tienen agua y comida para el trayecto, ya sabes… Confío más en ti que en los hombres que me han asignado. Estoy por jurar que algunos no han tocado un caballo en su vida. Partiremos en una hora, así que no hay tiempo que perder.

Alexandre asintió y se subió al vagón donde viajaban los animales. Villers se preocupaba por su bienestar como un padre lo haría por sus hijos, pero los enviaba a la guerra, a una muerte segura. Se preguntó cómo se sentiría bajo el peso de esa certeza, si estaría preparado para verlos morir a causa de las necedades de los hombres. Y no tardarían demasiado en comprobarlo, ya que, con cada paso que daban, se aproximaban a una guerra revestida con la máscara de la muerte.

64

Dúo de conspiradores

*Q*uizás fue cuando los vio allí a los dos: un par de militares pegados a sus bigotes en un vano intento por ocultar su vulgaridad, su absoluta irrelevancia de hombres corrientes. Sí, fue en ese preciso instante cuando intuyó que la suerte se le escapaba de las manos; que las cartas estaban repartidas y mostraban su destino con una precisión rayana en la clarividencia. Por alguna razón que ella desconocía, ya no les interesaba lo que pudiese proponerles y, aun así, se esforzaban por mantener la apariencia de que continuaban jugando al mismo juego.

—¿Qué contienen esos documentos que nos ofrece, madame Zelle? —preguntó Ladoux sentándose frente a ella.

—Una lista de los espías que trabajan para Alemania y que operan en toda Europa —afirmó Margot sin pestañear.

—¿Una lista de sus colegas, madame? —sugirió Bouchardon, que jamás abandonaba su papel de inquisidor. Margot suspiró y cerró los ojos durante un instante. ¡Estaba tan cansada! Ya no le quedaban fuerzas para continuar con aquel teatrillo de falsedades.

—Si prefiere decirlo así... No la tengo aquí conmigo —afirmó dirigiéndose de nuevo a Ladoux—. No pensará que iba a ser tan ingenua.

—No, por supuesto que no —respondió Ladoux mordaz.

—Pero puedo conseguirla si me ofrecen un buen acuerdo...

—¿Y qué es lo que quiero a cambio, madame *Zelle*? ¿Dinero? ¿Joyas? ¿Cuánto cuesta la lealtad de una mujer? ¿Cinco mil francos, tal vez?

Margot se estiró en la silla. Allí estaba una vez más: un intercambio de miradas despiadadas. No iban a tomarla en serio. No importaba lo que pidiese, no importaba lo que ofreciese. A pesar de ello, pronunció las palabras: ya no tenía nada que perder.

—Tan solo quiero volver a España —dijo visualizando el cielo de Madrid, su radiante luz entre tanta oscuridad—. Quiero un salvoconducto para regresar a España y la tranquilidad de saber que nadie me perseguirá allí; que por fin podré vivir tranquila.

—Tendríamos que comprobar la veracidad de esos documentos antes de comprometernos —señaló Ladoux.

—Los documentos existen y son veraces.

—¿Y dónde los consiguió, **madame**? —preguntó Bouchardon, sin dejar pasar la oportunidad de tenderle una trampa.

—Una mujer como yo está acostumbrada a rodearse de hombres poderosos; ustedes lo saben de sobra. Si ellos se empeñan en contarme sus secretos, yo no puedo hacer nada para impedirlo —respondió encogiéndose de hombros.

—¡Vaya, vaya! Se nos olvida que estamos ante Mata Hari, la intrigante... ¿Qué dirían los alemanes, madame, si se enteran de que pretende traicionarlos?

—No soy una espía, caballeros, tan solo una artista, una cortesana si quieren. Han tratado de enredarme en sus juegos de guerra, pero no quiero continuar con estas charlas inútiles. ¿Qué me dicen? ¿Van a sacarme de aquí?

Bouchardon se puso en pie arrastrando la silla con estrépito y Ladoux lo imitó. El fiscal dejó la habitación sin decir palabra y el jefe del Deuxième Bureau se retrasó apenas un segundo. Se apoyó en la mesa y se enfrentó a Margot.

—Creo que tiene un abogado que la representa, madame Zelle. Me alegro mucho por usted porque me temo que va a necesitarlo. —Y abandonó la habitación cerrando la puerta a su paso sin ofrecerle más respuestas.

239

65

La última batalla

*L*a incipiente luz de un nuevo día se adentraba a través de las estrechas ventanas del barracón y los hombres comenzaron a despertar, a removerse inquietos en sus camastros. La noche había estado plagada de desvelos y el agotamiento acabó por apoderarse de sus sueños; pero ahora, con el albor del día en que debían enfrentarse al enemigo, la desazón regresaba para apropiarse de sus entrañas. Alexandre había descubierto que la odiosa guerra tenía, cuando menos, una virtud: igualaba a los hombres hasta el punto de poder reconocerse en el individuo de al lado. No habría otra experiencia que ofreciese nada igual, ni tan siquiera similar.

Regresar al frente después de todo lo sucedido en Gijón resultó tan difícil como comenzar a vivir de nuevo: dejar atrás aquella ciudad lejana, las mentiras y miserias del espionaje, el inolvidable rostro de Thea… A veces se sentía como un gato que acumula una vida tras otra, pero él acarreaba sobre su espalda el peso de cada una de ellas. Durante días, vagó por el campamento como alma en pena, limitándose a cumplir con las órdenes que recibía. Y en el fondo, fue mucho más sencillo así porque no tenía que pensar, no tenía que elegir ni tomar ninguna decisión; había otros que lo hacían por él. Durante el tiempo que permaneció alejado

LA CAJA DE LOS MIEDOS

del frente cumpliendo su misión, no extrañó nada de lo que sucedía allí: el olor de la sangre, el barro; los cuerpos desmembrados, el frío; los rostros sin vida, la muerte. ¿Qué clase de perturbado podía echarlo de menos? Y, sin embargo, había encontrado cierta paz en saber que compartía el destino con otros hombres. Se convenció de que morir era su deber y de que estaba en el lugar preciso para hacerlo.

Los días se sucedieron, se desvanecieron uno tras otro sin que ocurriese nada, envueltos en una especie de tregua tan efímera como desquiciante; hasta que comenzó a extenderse un rumor por el campamento: la inminencia de una nueva batalla. Aunque esta vez se percibía en la atmósfera un sentir común: la posibilidad de haber alcanzado un momento decisivo en el transcurso de la guerra. La esperanza de vencer y poner punto final al conflicto infundió en la tropa un arrojo tiempo atrás perdido.

No tardaron en confirmarse los rumores: el alto mando planeaba un ataque masivo de las divisiones aliadas sobre el Somme. El comandante supremo Foch había ordenado que las tropas francesas avanzasen sobre Montdidier, mientras las divisiones canadienses, australianas y británicas atacaban el río y el este de Amiens.

La proximidad de la contienda provocó en Alex un efecto distinto al resto de la tropa: la sensación de que aquella batalla sería la última para él. No dejaba de ser un mal presagio, pero, durante la noche infinita que precedía a la contienda, le fue consumiendo la angustia. La única posibilidad de conjurarla, de arrinconarla para poder luchar un nuevo día, era escribir una carta de despedida para Thea. Cogió papel y pluma y, amparado en el silencio, escribió:

Querida Thea:

Después de todo lo ocurrido, he regresado a Francia y a la guerra. Mañana me enfrentaré a una batalla que podría ser la última para mí. En realidad, podría ser la última para cualquiera de los hombres que luchan a mi lado y no paro de preguntarme qué sentido tiene morir aquí. Me gustaría encontrar una respuesta; quizás así lograría sentirme menos desesperado. Lo cierto es que tuve la posibilidad de continuar prestando servicio en el Deuxième Bureau, alejado del frente y de la muerte, y me negué. Te preguntarás por qué lo hice si ahora me encuentro así; y para esa pregunta sí que tengo una respuesta. Ya sabes que Jean-Paul murió al principio de esta guerra; él, que ya no creía en ninguno de sus antiguos ideales, se resignó a cumplir con su deber porque es lo que hace un hombre. Sé que no podría seguir viviendo si no sigo su ejemplo. La verdad es que tampoco hay muchas razones para sentirse orgulloso de eso: matar no tiene nada de honorable; morir me temo que tampoco. Lo más sencillo ahora es asumir que no soy más que un peón a las órdenes de otros y continuar adelante…

Lo siento. Lo siento, Thea; perdona, disculpa mis desvaríos. Déjame decirte que mi carta tiene una motivación egoísta y no temo confesarlo: necesito despedirme de ti para enfrentarme a la batalla de mañana. No puedo ni pensar que no volveré a ver tu rostro; no quiero ni imaginar que no volveré a hablar contigo, que no tendré la oportunidad de explicarme cuando todo esto termine; así que tan solo me queda el consuelo de despedirme en esta carta y decirte, y repetirte mil veces si es necesario, que mi amor por ti es sincero. No sé cómo pudo nacer de todas las mentiras una verdad tan absoluta, pero así es. Te quiero, Thea. Nunca lo olvides porque yo jamás me olvidaré de ti.

ALEXANDRE BOGDÁNOV

Puso punto final. La carta, cumpliendo con su propósito, le dejó vacío de emociones. La depositó sobre el camastro. Allí la recogerían y, junto a tantas otras, la enviarían lejos del frente: el servicio de correos en tiempos de guerra era la última esperanza de los soldados, la vana ilusión de que no estaban completamente solos. También había hombres que no podían desprenderse de sus palabras, que preferían llevarlas encima, en el bolsillo de su guerrera. Pero Alex sabía que, en el clamor de la batalla, entre incendios y explosiones, existían muchas posibilidades de que las cartas se perdiesen para siempre y no llegasen a su destino. «Debemos confiar —pensó—, aprender a desprendernos de las cosas para que logren sobrevivirnos.»

Acarició el sobre como si algo de esa caricia pudiese alcanzar a Thea. Se puso en pie y se entretuvo en revisar su petate una vez más, mientras el resto de los soldados se despertaban. La soledad de la noche se terminaba y el tiempo de meditar también. Había llegado la hora de hacer frente a la batalla.

243

66

Noticias de Jean-Paul

*S*u primer permiso tras abandonar París con Villers tuvo lugar a finales de septiembre. Apenas había comenzado la guerra para él y su antiguo instructor lo envió de vuelta con la excusa de supervisar la remesa de un nuevo cargamento de caballos. Alex sospechaba que la verdadera intención de Villers era que pudiese visitar a la tía Vania. Su genuina alegría al verlo aparecer ante la puerta de su casa fue un soplo de aire fresco después de enfrentarse a diario con tanta muerte y aflicción. Sin embargo, no tardó en regresar la incertidumbre para emponzoñarlo todo.

—No he vuelto a tener noticias de Jean-Paul; ni una triste carta siquiera… —le dijo en cuanto estuvieron a solas en la cocina—. Tu primo no se olvidaría de escribirme.

—El frente es un desastre —afirmó Alexandre—, un completo caos. Intenta no preocuparte demasiado; ya verás como no tardarán en llegar noticias —le aseguró sujetándole la mano. Sus explicaciones solo pretendían tranquilizarla, liberarla de su angustia, porque si algo había aprendido en aquel escaso margen de tiempo era que la única seguridad que podía ofrecer la guerra venía de mantenerse alejado de ella.

—No creo que soporte vivir con el miedo pegado a mi piel como una sombra. Vosotros dos sois lo único que me queda —dijo Vania frotando sus ojos para apartar las lágrimas. Después hizo un esfuerzo por recomponerse, le cogió la mano y añadió—: Hay algo que quería decirte…

—¿Qué ocurre, tía?

—He decidido cerrar el restaurante —dijo con tristeza.

Alex estaba a punto de protestar —Le Vieux Andalou era el legado del tío Paco— cuando Vania lo detuvo con un gesto.

—Lo sé, lo sé; a nadie le duele más que a mí. Luchamos tanto por ese sueño, tantos esfuerzos, tantos desvelos…, pero ni Jean-Paul ni tú estáis aquí y yo no puedo seguir afrontándolo todo sola. No es un cierre definitivo o, al menos, eso espero. Cuando la guerra termine, abriremos el restaurante de nuevo.

Alex asintió resignado. No estaba en situación de exigirle nada a su tía; Jean-Paul y él habían elegido su camino sin pensar demasiado en las consecuencias de sus actos. El cierre del bistró podía parecer una traición a la memoria de su tío, pero, de ser así, la responsabilidad era de todos ellos. Su estancia en la ciudad no se alargaría por mucho tiempo, apenas unos pocos días, y lo único que quería era evitarle cualquier disgusto a Vania.

245

—No pasa nada, tía; lo entiendo perfectamente.

Se levantó y, tras apretarle la mano con ternura, se dirigió a su habitación para cambiarse de uniforme. Villers le había ordenado que viajase a las afueras de París a fin de controlar la entrega de las monturas que el ejército había adquirido. Viendo como morían masacrados en el frente, tal vez fuese el último cargamento de caballos de batalla. Caminaba por el pasillo cuando oyó el timbre de la puerta. Le pareció que su sonido era estridente, tan desagradable como el canto de las cigarras. Se quedó paralizado, detenido en mitad del pasillo sin saber por qué.

—¿Puedes abrir la puerta, Alekséi? —A veces su tía se olvidaba y continuaba llamándole por su nombre ruso.

Sonrió con ternura pero le sobrevino una visión fugaz de su padre pisando la nieve de la estepa. Su sonrisa se esfumó y un escalofrío le atravesó la espina dorsal. A regañadientes, avanzó por el pasillo. Su mano se detuvo antes de llegar a tocar la manilla.

—¿Alekséi? —repitió Vania asomando su rostro bajo el dintel de la puerta de la cocina.

—Ya voy, tía —respondió haciendo un esfuerzo por controlar su absurdo desatino. Extendió la mano, que temblaba levemente, y agarró la manilla con firmeza. Abrió la puerta y se encontró frente a un hombre con el uniforme del ejército. Era un oficial muy joven que se cuadró ante él y le entregó un telegrama. Antes de que pudiese llegar a decirle nada, antes de que lograse ver su mirada y la piedad que se escondía allí, se escabulló por las escaleras, dejando a Alexandre sosteniendo entre sus manos el sobre sepia que habría de notificarles la muerte de Jean-Paul en la batalla de Aisne.

67

El proceso

*S*e sentía tan cansada, tan agotada, que su cuerpo dolorido no paraba de protestar por cada instante que debía seguir sentada en el banquillo. ¿Cuántas veces había pensado que estaba arriesgando más de la cuenta? ¿En cuántas ocasiones desechó las advertencias de su mente clamando a gritos? Había sido una insensata y, tal vez, se merecía este destino; tal vez se merecía encontrarse allí, frente al consejo de guerra del gobierno militar, acusada de espionaje.

Hizo un esfuerzo por serenarse y atender los argumentos del fiscal Mornet —un tipo enjuto y barbudo con rostro de asceta—. Al acusador no le tembló la voz al pronunciar la condena que exigía para ella: la pena capital, la muerte por fusilamiento. Al oírlo, se removió inquieta en el banquillo de madera, un asiento tan duro e inflexible como los hombres que iban a juzgarla. Curiosamente, le resultaba todo tan irreal, tan inconcebible, que ni siquiera la palabra «muerte» consiguió asustarla demasiado. No era una completa ilusa, no; solo parecía que, con el encierro prolongado y plagado de privaciones, la hubieran anestesiado dejándola huérfana de sentimientos.

Se recolocó el sombrero y acarició la pluma negra como ala de cuervo. Miró a Clunet, sentado a su lado, encogido bajo su traje oscuro, y la inundó una gratitud inmensa. ¡Qué necesidad tenía el pobre hombre, casi un anciano, de empañar su reputación defendiendo a la mujer más odiada de toda Francia! Era un acto de generosidad tan puro que seguía sorprendiéndose de que, un día tras otro, apareciese ante aquella corte hostil para defenderla.

Recuperó de nuevo el hilo del discurso de Mornet: un paseo por las peripecias de su vida que buscaba socavar una reputación ya de por sí maltrecha. El fiscal se manejaba bien en aquellos lodos y tampoco tenía que esforzarse demasiado. ¿Cuál era la palabra que empleaban los franceses para referirse a las mujeres como ella? «Demi-mondaine»,[15] sí, eso era. Y había que reconocer que era una palabra magnífica porque, ciertamente, existía un mundo que huía de la pobreza con auténtica desesperación; existía un mundo del que los ricos y poderosos renegaban ante los suyos pese a usarlo en beneficio propio. Ella estaba vinculada a ese mundo intermedio, al «demi-monde», y solo los que han estado allí saben que serían capaces de cualquier cosa por no caer más bajo. Percibía el rechazo que las circunstancias de su vida provocaban en los jueces, pero no le importaba en absoluto. No lograrían avergonzarla por haber luchado con todas sus fuerzas para sobrevivir en un mundo de hombres. Enderezó la espalda dolorida y los miró de frente: quería mostrarles que podían arrebatarle todo lo material, pero jamás le arrancarían su dignidad.

—¿Madame Zelle? —Clunet le tocó el codo para reclamar su atención. El presidente de la corte se dirigía a ella—. ¿Tiene algo que añadir en su defensa?

Margot miró a Clunet, que asintió con un leve movimiento de cabeza. Se puso en pie y unió las manos en un ademán que tenía algo de recatado. Paseó su mirada por

---

15. Se llamaba *demi-mondaine* a las mujeres mantenidas de vida licenciosa.

cada uno de los rostros que conformaban el tribunal: su destino estaba en manos de siete militares. Quiso pensar que ella siempre había tenido mucho éxito entre los militares. Después de todo, tal vez tuviese alguna oportunidad por descabellada que fuera.

—Nada, en realidad. Al parecer, lo saben todo sobre mí, señores. Pero no deben olvidar que yo no soy francesa y que puedo tener amigos en cualquier lugar. Siempre permanecí neutral y jamás perjudiqué los intereses de Francia. Confío en el buen corazón de los oficiales franceses que tienen que juzgarme.

—Puede sentarse de nuevo, **madame** Zelle. Con las palabras de la acusada el juicio queda visto para sentencia —dijo el presidente Somprou; y, dirigiéndose a la escolta de Margot, añadió—: Acompañen a la acusada hasta la sala de detención mientras el tribunal delibera.

Los soldados la escoltaron a ella y a Clunet. El abogado quiso acompañarla mientras esperaban el veredicto, pero los militares no se lo permitieron. Margot se adentró en la sala, un lugar incómodo y opresivo iluminado por un estrecho ventanuco. Su austero mobiliario estaba formado por un par de sillas desvencijadas. Viendo las condiciones del lugar, resultaba evidente que los franceses no confiaban demasiado en la inocencia de sus acusados.

Se sentó en una de las sillas, que protestó bajo su peso. Se balanceó peligrosamente en el asiento destartalado y optó por ponerse en pie. Desconocía durante cuánto tiempo se prolongaría la deliberación del tribunal, cuánto tardarían los siete jueces en decidir sobre su destino. Las cartas estaban echadas y solo cabía esperar. De nada había servido su ofrecimiento a Ladoux y a Bouchardon, y no acababa de entender las razones de su indiferencia, porque aquel documento —su lista— lograría acabar con la inteligencia alemana. Si la condenaban a ella, que tan solo

249

había sido una espía de candilejas, ¿qué no harían con los agentes de verdad, los que manejaban la información que podría cambiar el curso de la guerra? Durante las tediosas jornadas del procedimiento judicial le había dado mil vueltas al asunto hasta el punto de convertirlo en una obsesión. Lo único que tenía algún sentido era que, con aquel juicio absurdo y desmedido, buscasen reprobarla públicamente y, en cierto modo, castigarla por su veleidad. Ladoux era un soberbio colmado de rencor y lo creía capaz de cualquier cosa.

Las horas transcurrieron con una lentitud insoportable. La luz se acababa, se tornaba mortecina y, con ella, era como si la cordura se diluyese gota a gota. Tuvo la certeza de que no podría seguir aguardando el veredicto ni un segundo más, pero la vida le había enseñado que se equivocaba: el sufrimiento era algo tan infinito como su capacidad para soportarlo. Como si hubiesen sucedido ayer, recordó todos los acontecimientos dramáticos de su vida. Cada uno de ellos había conformado una nueva piel bajo la que guarecerse y ahora esa piel semejaba el caparazón de un animal. Hacerse dura a costa del dolor no era una recompensa deseable, pero era su recompensa; lo único que había conseguido a cambio.

La puerta se abrió de pronto y, tras ella, asomó el rostro de Clunet. Su semblante tenía algo de compungido.

—Ya tienen un veredicto —le dijo. Su voz quebrantada sonó a derrota. Margot asintió. Estaba exhausta, sucia y despeinada. Fuese cual fuese la decisión de aquellos hombres, se habría sentido mejor de haber podido comparecer ante ellos bajo la apariencia de Mata Hari; pero Mata Hari se había desvanecido y ahora era Margaretha Zelle quien debía asumir las consecuencias de sus actos.

68

La carta

*L*os árboles eran los mismos de siempre, enhiestos, in-
mutables, como si nada cambiase en ellos salvo los vaive-
nes de las estaciones. Por un instante, los envidió: estaban
firmemente amarrados por las raíces a una tierra de la que
nunca se moverían. Ella, sin embargo, no se les parecía en
nada: había perdido sus raíces al morir sus padres y había
vagado desnortada por media Europa hasta encontrar el refugio que le ofreció Manuel. Jamás olvidaría que no habría
llegado allí sin la ayuda de Margot, a quien también había
perdido a lo largo del camino.

Los árboles eran los mismos, sí, testigos mudos e indiferentes de su despedida de Alexandre. Se había entretenido en contar cada uno de los días que marcaban su
ausencia, cada una de las semanas huérfanas de noticias.
Pero tan solo había conseguido detestar todas las cosas
que le recordaban a él, hasta los árboles impasibles que
tenía delante.

La criada se asomó a la galería que daba acceso al jardín
e hizo notar su presencia con un leve carraspeo:

—Señorita, un caballero pregunta por usted.

—¿De quién se trata? —le preguntó dando la espalda
al bosque.

—Dice que viene del consulado francés. Creí entender que se llama Dumont, señorita.

—Gracias, Elena. ¿Me espera en el salón? —La sirvienta asintió y Thea la siguió al interior de la mansión. Atravesando las cristaleras, se dirigió al salón donde, en efecto, aguardaba Dumont. Se puso en pie en cuanto la vio entrar, se acercó hasta ella y, extendiendo la mano, le tendió una carta. La miró con sus ojillos diminutos y le brindó una sarta de disculpas que pretendían compensarla por aquel pliego manoseado y emborronado con tachones.

—La guerra continúa y, entretanto, debemos proteger nuestros secretos aunque sea a costa de la intimidad de otros —le explicó encogiéndose de hombros. Ella alzó una ceja y se reservó su opinión. Podría haberle dicho tantas cosas, pero Dumont traía noticias de Alexandre y eso era lo único que le importaba en aquel momento.

—Bueno, entonces ya conoce su contenido mejor que yo, ¿o no? Discúlpeme, Dumont, pero prefiero que se vaya. —Era un momento íntimo y necesitaba estar a solas para leer la misiva de Alexandre. Dumont, conciliador, asintió sin llegar a torcer el gesto, hizo una leve inclinación y agarró su bombín para retirarse—. Gracias por traerla —le dijo antes de que cruzase la puerta, consciente de que había tenido la deferencia de venir a entregarle la carta en persona.

En cuanto Dumont se fue, leyó la carta con avidez. Cada palabra de Alex era alimento para saciar su angustia. Pero, tras la primera lectura, se le encogió el corazón de pena y tuvo la impresión de que, aunque Alex considerase que había hecho lo correcto, su determinación no le aportaba consuelo. En una segunda lectura, más detenida, creyó ver que, debajo de la tristeza y el temor, había cierta aceptación. Se preguntó si aceptar su destino es lo que necesita un hombre para enfrentarse a sus batallas.

Con el pliego entre las manos, pensó en todo el tiempo que había transcurrido desde que Alex lo escribió, los minutos, horas o días que podría llevar muerto o herido. De hecho, según él mismo aventuraba, podían ser sus últimas palabras. Esa idea la inquietó, la perturbó profundamente y sintió que se le erizaba el vello de la piel. Se sentó en el borde de una silla y dejó el papel sobre la mesa donde servían el café a diario. Apoyó el rostro entre sus manos y miró más allá de las ventanas del salón, hacia el jardín donde todo seguía, en apariencia, inmutable.

—¿Te ocurre algo, Thea? —La voz de Manuel la asustó. Se puso en pie como impulsada por un resorte y la carta resbaló hasta el suelo. Quedó allí, tendida sobre las baldosas grises del salón, inerte. Por alguna razón, le pareció una señal de mal augurio, así que se agachó veloz y la recogió.

—Dumont ha venido a traerme una carta de Alexandre —dijo mostrándole el papel. Prendes la miró y enarcó las cejas.

—Espero que sean buenas noticias. ¿O… me equivoco?

—En realidad no lo sé… —respondió dubitativa—. Es una carta que me escribió poco antes de ir a la batalla. Parece una despedida, ¿sabes? Sus palabras suenan a despedida y me da miedo que esa sea la verdad.

—Lo entiendo. Quizás le preocupaba no tener otra oportunidad de despedirse —arguyó Prendes—. Plantearse esa posibilidad puede llegar a resultar muy angustioso.

—Pero eso no me sirve de consuelo, Manuel. ¿Y si está muerto o gravemente herido? ¿Cuánto tiempo tardaré en saberlo? ¿Cómo podré vivir con esta incertidumbre?

Prendes se acercó y la abrazó con fuerza. Parte de la tensión se diluyó y se transformó en un llanto silencioso. Las lágrimas de Thea cayeron sobre el suelo gris como las primeras gotas que anuncian lluvia: grandes y pesadas.

—Siempre he creído que hay cierta temeridad en abrir

tu corazón a otro —dijo Prendes sin soltarla—. Es, en cierto modo, como si de forma voluntaria renunciases a una parte de él. Puedo entender que eso da mucho miedo; a mí me lo daba. Pero te aseguro que vivir sin amor es vivir a medias.

Thea se separó y lo miró a los ojos. Manuel Prendes-Lorenzo era uno de los médicos más prestigiosos del país; uno de los más ricos merced a su famoso tónico estomacal y, con todo, le pesaba una soledad que tan solo aliviaba su presencia. Como si hubiese podido leer el curso de sus pensamientos, Manuel le dijo:

—No sufras por mí, Thea. Fui yo quien eligió este camino. Además, la vida ha sido tremendamente generosa conmigo y me ha regalado una hija con la que no contaba.

—Una hija que no buscabas —afirmó encogiéndose de hombros.

—Sí, aunque a veces en la vida lo que no buscas es justo lo que más necesitas. No nos queda otra que confiar en la sabiduría del destino.

—Así que debo resignarme a aceptar lo inevitable…

—No elegiría precisamente esa palabra, Thea. En lugar de resignarme, prefiero pensar que lo inevitable no tiene por qué ser necesariamente malo, ¿no crees? A veces la vida te sorprende con sus elecciones.

Thea sonrió a través de sus lágrimas y lo abrazó de nuevo. Dobló la carta en dos y la acercó a su pecho, justo al lado del corazón. Tarde o temprano sabría qué tipo de desafío tendría que afrontar: una vida con Alex, si la fortuna le dejaba regresar a su lado, o una vida luchando por recuperarse de su ausencia. Esperaba, deseaba de todo corazón, que fuese el primero de los dos.

69

El oficio de espía

*E*l juego de la guerra había cambiado tanto en tan poco tiempo que parecía imposible que perteneciese a la misma época. Era como si, de repente, se hubiesen alterado las reglas y tuviesen que volver a escribirlas de nuevo: una ruptura caótica entre el mundo del pasado y el del futuro, si es que la idea de que existiese un futuro para todos ellos era algo más que una utopía.

Muy pronto dejaron de resultar útiles para la guerra de trincheras en que nada ni nadie se movía; sus habilidades, todo lo que podían ofrecerle al ejército, se rebeló tan innecesario como ellos mismos. La caballería se esfumó aniquilada por las ametralladoras y los cañones de largo alcance. Sacrificios como los de Jean-Paul acabaron por olvidarse diluidos entre tantas muertes. Villers regresó a París con el corazón devastado dejando sus últimos caballos relegados al papel de mulas de carga. Si alguna vez lo hubo, ya no quedaba ningún honor en las batallas. Tuvieron una triste despedida en la estación de tren, y Alex le encomendó que, en la medida de lo posible, cuidase de la tía Vania. Ignoraba que, tan solo unos días después, le ordenarían que compareciese ante las oficinas del Deuxième Bureau. Apenas había oído hablar de los «negocios» de aquel departamento, y su superior no se mostró muy dispuesto a remediar tal desconocimiento. Únicamente habían transcurrido dos semanas desde su despedida de Villers, cuando cogió la misma línea de ferrocarril para regresar a París.

Subió la escalera de caracol de la sede del Deuxième Bureau. Atravesó sus puertas, se presentó como el sargento Alexandre Bogdánov y lo condujeron hasta el despacho de Ladoux. Antes de acudir a la cita, se había esforzado en poner solución a su ignorancia, informándose sobre las funciones del negociado y la reputación del capitán. Su curiosidad se había disparado tras conocer que Georges Ladoux era el jefe de los servicios de contraespionaje.

—Es un placer conocerlo, sargento Bogdánov —le dijo, antes de invitarlo a sentarse frente a su escritorio—. Disculpe mi curiosidad, sargento, pero leo en los informes que me han facilitado que se cambió de nombre apenas unos días antes de alistarse en el ejército. ¿Puedo preguntarle cuáles fueron las razones para hacer algo así?

Alexandre se tensó y observó a Ladoux. El capitán tenía una mirada turbia y fría como el hielo. Le pareció que lo estaba sometiendo a examen antes de contarle qué era lo que pretendía de él.

—No quería que nadie cuestionase mi lealtad con el país. Les debo a mi familia y a Francia todo lo que soy. —Ladoux enarcó una ceja y revisó una vez más los papeles que tenía ante sí.

—Y eso es importante para usted, ¿verdad? Para mí sí que lo es; más importante que las personas, incluso. Los individuos, cada uno de nosotros por separado, somos prescindibles, pero el interés de Francia ha de estar por encima de todos, y más en estos tiempos convulsos. ¿Estamos de acuerdo en eso? —Alexandre pensó que, por mucho que amase a Francia, nunca sería más importante que su familia, aunque seguro que no era lo que quería escuchar Ladoux. Se limitó a asentir, la realidad del frente había agotado toda su dialéctica, y el capitán pareció conformarse con eso. —¿Sabe quién era Mata Hari, sargento?

Alexandre volvió a asentir. Todo el país sabía quién había sido Mata Hari: la bailarina exótica condenada por traición; una espía que había empleado la seducción para obtener información y vendérsela a los alemanes. Los periódicos se habían cebado durante meses con las jugosas circunstancias de su juicio y posterior condena. Francia había encontrado un cierto alivio en aglutinar todo su odio en un mismo objetivo; pero su estrella se había apagado tiempo atrás: hasta los villanos tienen la desdicha de ser efímeros.

—Mata Hari era una espía al servicio de los alemanes —le explicó—. Aunque todos la menospreciamos, manejaba cierta información de relevancia para nosotros. Debemos localizar los documentos que le entregó a una persona de confianza. —El capitán hizo una pausa antes de proseguir—: Si conseguimos esos papeles, podríamos cambiar el curso de la guerra. Los hombres mueren a centenares en el frente, usted viene de allí; no hace falta que insista en la importancia de ponerle fin a esta matanza.

—¿Y por qué he de ser yo? ¿Por qué razón estoy aquí? No logro comprender…

—Claro que no, sargento, entiendo su confusión. Digamos que usted tiene unas habilidades especiales…, justo lo que necesitamos para lograr el éxito de la misión que queremos encomendarle.

—¿Y cuáles son esas habilidades? —preguntó Alex intrigado.

—Los documentos que buscamos se encuentran en una pequeña ciudad del norte de España. Sinceramente, no contamos con muchos agentes que se manejen en esa situación.

—Y yo hablo español…

—En efecto, y parece que su coraje y lealtad están fuera

de toda duda —añadió señalando los informes—. Sus superiores nos han facilitado las mejores referencias: disciplinado, valeroso, con arrojo en la batalla. Lo formaremos, por supuesto; le proporcionaremos toda la información que poseemos, pero deberá ser discreto como un cura, más que un cura. Le daré la primera lección de nuestro departamento: la única manera de conservar un secreto es no hablar de él jamás.

Alex asintió de nuevo. Tenía centenares de preguntas para Ladoux pero la curiosidad no sería bien recibida en el Deuxième Bureau. Se resignó a aceptar que, una vez más, cambiaban las reglas del juego sin que él pudiese controlarlo. Era una lección que había aprendido desde niño. Pensó en el tío Paco y en cuánto dolía su ausencia. Por azares de la vida, viajaría a España como inexperto espía y, en cierto modo, Paco era el responsable de eso. Desde el mismo día en que lo conoció en la hospedería de Marya en Moscú, se empeñó en que aprendiese a hablar su idioma para que fuese uno más de la familia. Pese a que Montes había emigrado a Francia siendo un chaval, jamás renegó de su país, de España, de la Málaga que lo vio nacer y de la familia que se quedó allí. Su restaurante, la niña de sus ojos, había querido ser un homenaje a la figura de su abuelo: el viejo andaluz que le contagió su amor por los fogones.

70

Margot Zelle

*L*uces y sombras, albas y ocasos: ese habría podido ser el poético resumen de su vida. La singular bailarina, Mata Hari, la había acompañado durante tanto tiempo que había acabado por apropiarse de su verdadera identidad. Mata Hari era el Sol, el ojo del día, pero todo día tiene su fin y toda luz termina por apagarse. ¿Y dónde se esconde Mata Hari cuando su luz agoniza? Porque allí, entre las cuatro paredes de aquel calabozo miserable, privada de los atributos que la habían encumbrado como la artista más famosa de toda Europa, tan solo quedaba Margot Zelle, una mujer que jamás se había resignado a llevar una vida común, y que, por ello, iba a tener que pagar un alto precio.

La noche eterna se había desvanecido para dar paso a un día teñido de sombras. La tormenta se fue dejando un rastro de humedad caliente que conservaba saturadas las paredes de la celda. La gota maldita resonaba con una cadencia insidiosa mientras Margot aguardaba que viniesen a buscarla. Una llave oxidada chirrió en la cerradura; alguien, al otro lado de la puerta, abrió un cerrojo y se perfiló ante ella su cortejo fúnebre. La comitiva de personas que habrían de acompañarla hasta la muerte.

—*Madame* —dijo su carcelero, el primero en asomar el

rostro—, han venido a buscarla. —Acto seguido, se hizo a un lado y entró Clunet quitándose el sombrero. Lo seguía Bouchardon, que no se resignaba a dejar su trabajo a medias.

Margot se levantó del camastro y se sentó ante la pequeña mesa donde guardaba el recado de escribir. Cogió una pluma y un pliego en blanco y les dijo:

—Me permitirán que escriba un par de cartas, caballeros. Son importantes para mí. Serán muy breves, se lo aseguro. Lamentablemente vivimos para despedirnos… —Y con aquellas simples explicaciones comenzó a escribir. Cumplió con su palabra y apenas emborronó dos medias cuartillas que introdujo en dos sobres sin lacrar. «Para qué perder el tiempo —pensó—, si los muertos ya no tienen secretos.» Se vistió y se colocó un sombrero de fieltro con un enorme lazo negro, se echó la capa sobre los hombros y se dispuso a dejar la celda. Fuera esperaban un sacerdote y un par de monjas con rostro de plañideras para completar el séquito que habría de conducirla a su ejecución. Al verlos, se irguió, como si sus pasos formasen parte de uno de tantos espectáculos que había protagonizado: no importaba que allí no quedase nada de la mítica Mata Hari. Ellos no tenían por qué saberlo.

—Ya estoy lista, caballeros —dijo simulando una fortaleza de la que carecía.

Abandonaron el castillo que había sido su cárcel y subieron a un automóvil que aguardaba a la puerta. Fue un trayecto corto que les condujo hasta las barracas donde se alojaba el regimiento de Vincennes y, entre ellos, los doce hombres sin piedad que confundirían el deber con el asesinato. No les guardaba rencor: si no lo hacían ellos, lo harían otros; además, esos serían los últimos rostros que vería antes de morir y no quería morir con odio. Descendió del coche y sintió que las piernas no la sostenían. Tropezó e hizo un esfuerzo por sobreponerse a sus emociones. Clunet la contempló con pena y ella sonrió. El abogado le brindó su brazo, pero lo rehusó: no necesitaba que un anciano fuese su báculo. Caminó y se colocó frente a los soldados uniformados con deprimentes ropajes grises. Tan solo la miraban de refilón; no se atrevían a nada más. Le surgió un pensamiento repentino: si no eran capaces de reunir el valor que les faltaba, jamás lograrían acertar el tiro. Se le acercó un sargento con una venda negra en la mano.

—No será necesario —le dijo con dignidad. Había vivido toda una vida plantándole cara al destino y ahora que llegaba su fin no iba a esconderse. Rechazó la venda y miró de frente: la expresión de su rostro era una máscara carente de emociones, un lienzo en blanco para cualquiera con la vana aspiración de interpretarlo. Los soldados alzaron los fusiles, los apoyaron en el hombro y su rostro siguió igual de inexpresivo. «Mi luz se apaga», pensó, justo antes de que los hombres disparasen.

261

Como un caleidoscopio de imágenes distorsionadas, vio pasar el rostro de sus amantes, el rostro de sus amigos, el rostro de sus hijos cuando eran niños. Se detuvo en ellos, en sus pequeños corriendo por las playas de Java cuando aún creía que podían ser felices. ¡Qué lejana quedaba Java! Los primeros disparos la atravesaron y, antes de que el dolor lo aniquilase todo, supo que morir no era tan malo si lo hacía recordando lo que más había amado.

71

¿Fatalidad?

La guerra terminó y los franceses pudieron celebrar una victoria que aguardaban desde hacía demasiado tiempo. A pesar de ser los vencedores indiscutibles, la nación estaba rota en mil pedazos: no había nadie que no tuviese un muerto en aquel conflicto, así que se convirtió en un triunfo triste, plagado de rencor y resentimiento. No tardaron en celebrar el fin de la guerra y el inicio de la revancha; todo un despropósito que demostraba que Europa no había aprendido nada de sus errores y que se dirigía a repetirlos con un entusiasmo tan temerario como inconsciente.

Thea esperó durante meses con la esperanza de recibir noticias de Alexandre. Era una esperanza que se apagaba como una vela cada vez más consumida. Leía la prensa a diario en busca de cualquier información que le permitiese creer que estaba más cerca de él, aunque solo conseguía alimentar su angustia. Llegó un momento en que no pudo soportarlo más y decidió visitar el consulado, pero Dumont se había esfumado. Ferdinand le explicó que había regresado a París reclamado por sus superiores para prestar servicio en otro destino. Creyó detectar un resentimiento velado en sus palabras y se preguntó si se sentía maltratado por seguir en Gijón ahora que la guerra había acabado. También le aseguró que no sabía nada de la suerte de Bogdánov. No hizo ningún esfuerzo por apaciguar sus miedos, más bien al contrario: le habló profusamente de las largas listas de muertos y desaparecidos, de los soldados que jamás regresarían con sus familias. En algún momento se percató del desatino de sus palabras y trató de resolverlo comprometiéndose a indagar sobre el paradero de Alexandre.

—Quizás Dumont pueda ayudarnos desde París —dijo exhibiendo su sonrisa gatuna antes de despedirse. Thea se sintió un poco más aliviada: si las pesquisas sobre Alexandre estaban en manos de Dumont, tal vez lograse obtener algo en claro.

Pasaron varias semanas hasta que al fin recibió noticias del consulado. Una lluviosa tarde de abril, mientras un aguacero furioso aspiraba a anegarlo todo, llegó a la mansión una carta que Ferdinand le había reenviado. Era una misiva breve, descarnada. Leyó su contenido y se preguntó cuántas personas habrían recibido una carta semejante; cuántas personas seguirían amarradas a una esperanza cargada de dolor e incertidumbre. La carta, remitida por el Ministerio de la Guerra, comunicaba de manera oficial que el sargento Alexandre Bogdánov había desaparecido tras la batalla de Montdidier, en las proximidades del Somme, y agradecía a la familia del sargento los servicios prestados al país. Apenas unas líneas de frases trilladas y huecas para reconocer su enorme sacrificio y el pesar que acarreaba este fin inconcluso.

«Desaparecido», se repitió Thea sabiendo que la palabra jamás podría explicar el vacío que dejaba tras de sí. Tuvo un pensamiento amargo para la tía Vania, que también habría recibido una carta igual, enfrentada al temor de haber perdido a todos los hombres que formaban parte de su vida: Paco, Jean-Paul y ahora Alexandre. ¿Cuánta muerte podía soportar un ser humano sin perderse para siempre? Desbordada de dolor, propio y ajeno, hizo un esfuerzo por dominar sus emociones. Sacó la carta que Alex le había enviado desde el frente y que había guardado como un tesoro en un cajón de su mesilla, y la puso al lado de la otra. Así, juntas las dos, la primera se asemejaba a una premonición de lo que habría de ocurrir después, como si Alex hubiese sabido con una certeza agorera que aquella sería su única oportunidad de despedirse. No quiso pensar que había estado en lo cierto. Cogió las cartas y se dirigió al salón donde Manuel preparaba su pipa frente al fuego. Sentándose a su lado, se las mostró y aguardó en silencio mientras su tío las leía. Prendes se tomó su tiempo, suspiró y negó con la cabeza.

—Ahora que ha terminado la guerra, podrán emplearse a fondo en buscar a sus desaparecidos. Se lo deben a un pueblo que lo ha perdido todo… —dijo, pero en sus palabras faltaba convicción y Thea lo percibió.

—Entonces, ¿solo me queda la esperanza de que encuentren a Alex? —le preguntó cogiendo las cartas de nuevo. Prendes la miró de frente y vio su sufrimiento. A decir verdad, él no confiaba demasiado en la suerte: la experiencia le había enseñado que la fatalidad cuenta con más probabilidades cuando se arroja una moneda al aire. Pero no podía transmitirle ese pesimismo a Thea. Esta vez se esforzó en decirle, sin engañarla, lo que ella necesitaba oír.

—Ahora, querida mía, se abren dos caminos frente a ti: puedes olvidar a Alex y seguir adelante con tu vida o puedes amarrarte a la esperanza de que regrese algún día. Solo tú puedes decidir qué camino eliges, y seguro que ninguno de los dos será fácil; pero has de saber que, sea lo que sea lo que decidas, siempre estaré aquí para apoyarte.

—Y abriendo los brazos, la acogió entre ellos para ofrecerle consuelo como haría un padre con su hija.

Epílogo

*E*l silencio era el mejor de los regalos: le permitía dejar su mente en blanco y distanciarse de las pesadillas recurrentes, de los sueños oscuros que lo acompañaban a diario. Su cabeza, su cerebro, se había transformado en un rompecabezas que ni siquiera él mismo podía resolver. Apenas había comenzado a juntar las piezas, los bordes de esquinas cuadradas que custodiaban el enigma encerrado en su interior: veía a un niño asustado corriendo sobre la nieve; veía a un muchacho inquieto cabalgando un caballo; veía a un hombre escondido en el fondo de una trinchera, y tan solo esto último cobraba cierto sentido para él. «Hay muchos como tú», le dijeron en el hospital de campaña donde le curaron las heridas del cuerpo, como si eso pudiese aportarle algún consuelo. Saber que había otros hombres huérfanos de recuerdos tan solo ahondaba su vacío, un agujero al que debía asomarse cada día para continuar viviendo.

La enfermera se acercó sigilosa y proyectó su sombra sobre él. «Se acabó el silencio», pensó abatido. Ahora debería, una vez más, volver a intentar recomponer el puzle. Toda su tranquilidad se esfumó en un instante. No conseguía desechar la angustia de no saber qué secretos escondía su agujero. ¿Y si era un hombre malo, un ladrón o un asesino? ¿Cómo enfrentarse a algo semejante? ¿Seguiría siendo el hombre que creía ser ahora o su pasado lograría devorarlo?

—El doctor lo espera en su despacho —le dijo antes de retirarse llevándose a su sombra. El hospital de veteranos donde lo habían ingresado no era más que un manicomio revestido de delicadeza. «No hay que agobiar a los pacientes» era la máxima del doctor Planchard, el director del hospital. Se agradecía la benevolencia de Planchard después de tanto sufrimiento, pero en ocasiones la locura se empeña en tener sus propias reglas; a pesar incluso del buen talante del psiquiatra.

Se frotó los ojos con saña y se puso en pie. Desde que lo encontraron vagando a diez kilómetros del frente más cercano, cubierto por una costra de barro que le salvó la vida al taponar la herida de su cabeza, no había hecho más que avanzar como un fantasma que ignora hacia dónde va, con una mezcolanza de agotamiento físico y mental que le arrebataba las ganas de seguir luchando. Atravesó el jardín pujante de primavera, le echó un último vistazo al sol y penetró en el interior del edificio umbrío. Impelido por la humedad y el frío, apuró sus pasos hacia el despacho de Planchard. El director, de espíritu sibarita, siempre tenía un buen fuego caldeando la habitación. Golpeó la puerta y esperó la respuesta del psiquiatra.

—Adelante. Pase… —Allí estaba de nuevo la breve vacilación, ni tan siquiera su médico lograba acostumbrarse del todo a su falta de identidad—. Siéntese, por favor. ¿Cómo se encuentra hoy? —le preguntó. Y, sin esperar respuesta, añadió—: Quería comentarle que he estado pensando mucho en su caso… Pese a todo el tiempo que le dedicamos, apenas conseguimos avanzar en sus recuerdos. Creo que deberíamos probar con algo diferente.

—¿Algo diferente?

¿Aún quedaba algo por probar?

—Lo que ocurre es que es un poco delicado: se trata de una técnica no autorizada. Deberá quedar entre nosotros, sin constar en los informes oficiales —dijo adoptando un tono confidencial—. Ni siquiera se lo plantearía si los resultados fuesen otros, pero el tiempo pasa...

—Y sigo sin saber quién soy —afirmó interrumpiendo el discurso del doctor. Planchard asintió varias veces dándole la razón—. Estoy dispuesto a intentarlo todo, doctor —aceptó impelido por su hartazgo—. ¿De qué se trata?

—¿Ha oído hablar de la hipnosis regresiva?

Le explicó que, en teoría, la hipnosis le permitiría recuperar su pasado. Lograría saber quién era y qué había ocurrido antes de que sus recuerdos se esfumasen. Enfrentarse a lo que pudiese encontrar allí le produjo una sensación de vértigo. Pero seguir viviendo en la oscuridad le daba más miedo aún.

Planchard le pidió que se tumbase en el diván de terciopelo, que cerrase los ojos y se dejase conducir por su voz a través de una cuenta atrás. Siguiendo sus instrucciones, escuchó la voz del doctor, sosegada, envolvente como una caricia, mientras los párpados le pesaban y se sumergía en una espesa neblina plagada de susurros; sintió que se alejaba del diván y se volvía etéreo, ligero como una pluma que se elevaba hacia el cielo. Su mente era un lienzo en blanco, vacío. Algunos trazos comenzaron a dibujarse poco a poco: unas huellas en la nieve, un rastro que debía seguir, el juego de repetir las pisadas; los pasos de Nikolái, su padre.

Agradecimientos

$\mathcal{A}$ mi marido, mi Juan, por no torcer mis sueños y por darme aliento cuando me pesan las dudas.

A Belén, mi hermana, mi media naranja literaria, por engancharse a mis historias y empujarme hasta aquí. Este es un camino de baldosas amarillas que hemos recorrido juntas.

A mis padres, por comprarme libros para que viviese centenares de vidas. Siento haber llegado tarde para que pudieseis disfrutarlo los dos.

A Marian Ruiz, por ayudarme a encontrar mi voz literaria.

A Nuria, Reyes, Ana, Patricia y Lucía, por leerme con tanta generosidad, entusiasmo y afecto. Sois las mejores.

A las mujeres del jurado del Premio Internacional de Novela Marta de Mont Marçal, por abrirme una ventana para que mis palabras puedan volar.

Este libro utiliza el tipo Aldus, que toma su nombre
del vanguardista impresor del Renacimiento
italiano, Aldus Manutius. Hermann Zapf
diseñó el tipo Aldus para la imprenta
Stempel en 1954, como una réplica
más ligera y elegante del
popular tipo
Palatino

La caja de los miedos
se acabó de imprimir
un día de otoño de 2022,
en los talleres gráficos de Liberdúplex, s.l.u.
Ctra. BV-2249, km 7,4, Pol. Ind. Torrentfondo
Sant Llorenç d'Hortons (Barcelona)